超级故事大王
CHAOJI GUSHI
DAWANG

伊凡王子和火鸟

YIFAN WANGZI HE HUONIAO

知识达人 编著

成都地图出版社

图书在版编目（CIP）数据

伊凡王子和火鸟 / 知识达人编著 . — 成都 : 成都地图出版社 , 2017.1（2021.7 重印）
（超级故事大王）
ISBN 978-7-5557-0500-0

Ⅰ . ①伊… Ⅱ . ①知… Ⅲ . ①童话—作品集—世界 Ⅳ . ① I18

中国版本图书馆 CIP 数据核字 (2016) 第 224787 号

超级故事大王——伊凡王子和火鸟

责任编辑：	游世龙
封面设计：	纸上魔方

出版发行：成都地图出版社
地　　址：成都市龙泉驿区建设路 2 号
邮政编码：610100
电　　话：028－84884826（营销部）
传　　真：028－84884820

印　　刷：固安县云鼎印刷有限公司
（如发现印装质量问题，影响阅读，请与印刷厂商联系调换）

开　　本：710mm×1000mm　1/16
印　　张：8　　　　　字　　数：160 千字
版　　次：2017 年 1 月第 1 版　　印　　次：2021 年 7 月第 4 次印刷
书　　号：ISBN 978-7-5557-0500-0
定　　价：38.00 元

目录

伊凡王子和火鸟

　　从前有一个国王，他有三个儿子。国王有一座富丽堂皇的花园，花园里长着一棵苹果树，树上结满了金苹果。

　　有一天，一个卫兵报告说：金苹果被人偷了。国王派人四处侦查，没有结果。国王很忧愁。他的三个儿子对他说："父王，你不要忧愁了，我们亲自去看守花园。"于是，三个儿子轮流看守花园。

　　大儿子从傍晚到午夜，睁大眼睛看守着树上的金苹果，守了半天，一个人影也没发现。他困极了，躺在青草地上呼呼大睡起来。

第二天早晨，国王问大儿子："你看见偷金苹果的人没有？"大儿子回答："没有。我睁大眼睛看了一个通宵，可是一个人也没有看见。"

　　第二天晚上，二儿子去看守花园，他想："反正哥哥也没看见，我也说没看见。"他睡了一个晚上。早晨，他对国王说没有看见小偷。

　　该三儿子伊凡王子看守了。伊凡王子守着花园，四处查巡，听到响动赶快看一下，疲倦了就哼哼曲子。午夜的钟声敲响了，花园里闪过一道亮光。伊凡王子跑去一看，一只闪着火焰颜色的火鸟正坐在树上啄苹果。伊凡轻轻地爬上苹果树，捉住了火鸟。奇怪的是，火鸟很温驯地依偎着他，它的翅膀下还藏着一封信。伊凡王子把火鸟与信交给国王，国王看了信后，哈哈大笑："我忠实的儿子，火鸟是邻国的信使，它带来一个好消息，邻国要和我们国家结成友好联盟。它怕我们不能发现它，就啄了金苹果。你干得很漂亮！"

十二个猎人

从前有个王子，他非常爱他的女朋友。但是，因为他重病的父亲的缘故，他不得不离开她一段时间。他给女朋友留下一枚订婚戒指，并对她许下诺言："我一定会回来找你的，你好好地在这里等着我。"

可是，王子的父亲临死前要他一定向一位公主求婚。王子的父亲去世以后，王子继承了王位，他不得不遵照父亲的嘱咐，向那位他并不喜欢的公主求婚。

王子的女朋友知道后非常难过，她不是一个脆弱的姑娘，她决定用智慧让心爱的人回到自己身边。她告诉疼爱她的父亲，说她想要十一个长得和自己一模一样的姑娘。父亲四处寻找，满足了她的心愿。她和十一个姑娘都装扮成了猎人，然后来到宫殿，问新国王是否需要"猎人"。国王见"他们"如此英俊，于是全都留下了。

　　国王有一头能辨别真伪的神狮子。神狮子告诉国王：他雇用的"猎人"其实是十二个美丽的姑娘。神狮子还告诉国王：只要在厅里撒上些豌豆，就可以凭脚步的轻重识别出男人与女人。国王的一个仆人与"猎人"们关系很好，他把国王将要识别"猎人"的事情告诉了姑娘们。

　　第二天，姑娘们迈着稳健有力的步子，坚定地踏在豆子上，没有一颗豆子乱滚。"猎人"们没有露出破绽。

　　又过了几天，神狮子告诉国王：在前厅放几辆纺车，可以识别"猎人"们是女人还是男人。国王的仆人又将这一秘密告诉了姑娘们。于是，姑娘们走过前厅时，看都没看纺车一眼，她们再次通过了国王的测试。

　　国王从此不再相信神狮子的话，他更加喜欢和信任这些"猎人"了。十二个"猎人"总是跟随国王外出打猎，尽心照顾和保护他。

　　有一天，她们听说国王的新娘快要到了。这是一个多么糟糕的消息啊！国王从前的女朋友难过得一下子就晕倒了。国王不知道他喜爱的"猎人"出了什么事，赶快跑过去扶了一把，结果把她的手套扯掉了。

国王看到自己送给心爱的女朋友的订婚戒指。他仔细端详这个"猎人"的脸，终于认出眼前这个与自己朝夕相处的人就是自己的女朋友。

当国王得知女朋友为自己所做的一切时，他感动极了，深情地吻着她。女孩睁开眼睛，痛苦地说："如果不能永远和你在一起，我宁愿不再醒来。"国王心中的热情被唤醒了，他紧紧握住了女孩的手。

国王立即派人去告诉即将到来的公主，说他已经有妻子了，请求她回自己的国家去，还说一个人既然找到了旧钥匙，就没必要再配新的了。国王的婚礼很快就举行了，那是世界上最隆重的婚礼。神狮子也重新受到了宠爱，因为它说的都是真话。

三个王子和三片羽毛

从前有一位国王，他有三个儿子。大王子和二王子精明狡猾，三王子忠厚老实。

几年后，国王的身体越来越虚弱。他不知道自己死后应该选哪个王子来继承王位。一天晚上，腰间插着三片羽毛的神仙给国王出了一个有趣的主意。

第二天，国王派人把三个儿子叫到身边，对他们说："在我临死前，你们谁能给我带回最美丽的戒指，我就把王位传给谁。"说完，国王将儿子们领到大殿外面，拿出三片羽毛抛向空中，用力吹了一口气，说："你们三人分别沿着羽毛所指示的方向去找吧。"

　　三片羽毛，一片向东飘去，一片向西飘去，最后一片留在了原地。大王子和二王子分别选了飘向东和飘向西的羽毛，把留在原地的羽毛留给了三王子。三王子呆呆地看着羽毛，不知道该怎么办，因为羽毛并没有告诉他戒指的方向。

　　就在三王子伤心的时候，突然，羽毛下的地面出现了一扇门板。三王子恍然大悟，拉开门板，看到一条长长的通道。

　　三王子沿着楼梯小心翼翼地走了下去。没多久，他看见了一只巨大的蟾蜍，四周还有许多小蟾蜍。

　　"三王子，你在想什么呢？"大蟾蜍不仅能开口说话，而且认得三王子，因为三王子曾经在它小时候救过它的命。

　　一开始，王子被蟾蜍吓了一跳，但他转念一想："蟾蜍能说话，我不妨问问它知不知道戒指的下落。"

　　于是，三王子恭敬地向大蟾蜍问道："你能告诉我世界上

最漂亮的戒指在哪儿吗？"

大蟾蜍听了，什么话也没说，领着几只小蟾蜍抬来了一个大箱子。大蟾蜍打开箱盖，从里面拿出一枚精美绝伦的戒指来。

三王子高兴极了，谢过蟾蜍后，拿着金光闪闪的戒指回到王宫，交给了国王。

国王满意地点了点头，将一无所获的大王子和二王子叫到跟前，宣布："按照约定，我的王位应该传给三王子。"然而，两个哥哥不服气，非要与三王子再比试比试。

无奈之下，国王领着他们来到一条河边，说："你们谁能找回世界上最迷人的姑娘，并让姑娘以最快的速度游过河，谁就是王位的继承人。"说着，国王又将三片羽毛抛向空中，再次让他们顺着羽毛的三个方向去找。

这次，大王子和二王子吸取了上次的教训，一起选了掉在原地的羽毛，而三王子则选了飘向东方的羽毛。三王子顺着羽毛指的方向来到了一片森林，奇怪的是那只大蟾蜍又出现了。

　　三王子很高兴，赶忙上前问候大蟾蜍，然后恭敬地说："大蟾蜍，你还能帮助我吗？我想将世界上最迷人的姑娘带回家。"

　　大蟾蜍听后，点了点头，将身边的一只小蟾蜍变成了一位美丽的公主，让三王子带了回去。

　　第二天，三个王子都带着美丽的姑娘回到了国王的身边。按照约定，国王将三位姑娘领到河边比试游泳。

随着国王的一声令下，三位姑娘同时跳下了河。大王子和二王子在岸上卖力地为各自的姑娘鼓着劲儿，都希望自己找到的姑娘能赢。最后，只有三王子带回的姑娘游到了对岸，另外两位姑娘都失去了踪迹，只剩下两只乌鸦的尸体漂浮在水面上。

这时，大王子和二王子都愤怒地叫嚷起来："该死的乌鸦把我们都骗了！"

原来，大王子和二王子在蟾蜍所在的那间地下室里遇到了一只乌鸦。他们见乌鸦丑陋不堪，便想杀死乌鸦。乌鸦为了保命，只好将两只小乌鸦变成了两位美丽的公主送给他们。乌鸦不会游泳，因此淹死在河里。

当国王看到大王子和二王子狼狈不堪的样子时，笑着对他们说："这下你们没什么意见了吧？"就这样，三王子继承了王位，成为了一名受人爱戴的国王。

"傻瓜王子"

相传在欧洲，曾经有一个贫穷的小国。小国的国王有两个儿子。大王子叫汉斯，忠厚本分，老实得像一个傻瓜，因此大家都叫他"傻瓜王子"；小王子叫希尔，爱耍小聪明，狡猾凶残，却深得国王的信任和喜爱。

一天，某大国的公主被一个巫婆带走了。巫婆临走时说："要想救出公主，除非帮她解开两道难题。"于是，大国国王立即贴出了告示："谁能救出公主，谁就做公主的丈夫。"

小国国王得知后，心里美滋滋的。他相信聪明的希尔一定能解开那两道难题救回公主。到时候，自己的国家就不会再被别人瞧不起了。想到这儿，小国国王立即给希尔备好马车，让他当天就去巫婆的城堡。

虽然希尔心里怕得直打鼓，但爱吹牛的他强撑着对父亲说："父王，请您放心，这个世界上还没有我办不到的事情。您在家里为我备好香槟和鹅肝，我一定会凯旋的。"

在路上，希尔驾着马车横冲直撞，故意毁坏庄稼，撞死农夫的鸭子，连路上的蚂蚁也被他辗死。因此，他所到之处，怨声载道。希尔抵达巫婆的城堡后，从城堡里走出来一个面貌丑陋的老太婆。她给希尔出了两道难题："第一，在一个小时内，把广场上所有的黄豆拾进木桶里；第二，从冰冷刺骨的水池里捞出一把金钥匙。"

希尔一听，脑子里立即乱成了一锅粥，这实在太难了。于是，希尔耍起了小聪明。他取下自己的黄金佩剑交给老太婆，说："智慧在黄金面前是那么的暗淡无光。假如你也是这样想的，那我向你承诺，只要我做了大国驸马，一定封你为国师。"

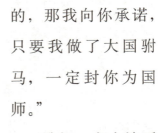

谁知，老太婆听了冷冷一笑。她招来一阵黑风，将希尔刮进了万丈深渊。

　　国王不见小儿子回来，又派"傻瓜王子"汉斯去碰碰运气。途中，汉斯总是小心翼翼的。不仅爱护庄稼，见到过路的鸭子，他都会把马车停下来，甚至连一只蚂蚁也不愿压死。

　　汉斯来到巫婆的城堡，巫婆同样让他解决那两道难题。虽然汉斯觉得很困难，但他还是老老实实地捡起了地上的黄豆。眼看时间就要到了，不知从哪儿来了一群蚂蚁。它们齐心协力帮助汉斯，很快就解决了第一道难题。紧接着，汉斯又跳入深不可测的水池，寻找金钥匙。就在汉斯快要窒息的时候，两只鸭子将汉斯救了起来，并帮他找到了金钥匙。巫婆信守诺言，让汉斯带走了公主。在汉斯和公主举行婚礼的那一天，小国国王醒悟了。

大鼻子王子

在人们心目中，王子都是英俊威武的。然而有这么一个王子，他的鼻子大得出奇，远远看去就像一条黄瓜挂在脸上，难看极了。然而，王子周围的人为了讨他的欢心，都说他的鼻子像天上的月亮一样俊俏。久而久之，王子不再为自己的大鼻子感到难过，反而觉得这是一种美呢。王子长大后，爱上了邻国的一位公主。虽然公主没有大鼻子，但看上去很漂亮。

就在王子和公主举行婚礼的那天，不幸的事情发生了。不知从哪儿刮来一阵黑旋风，将公主卷走了。王子伤心极了，发誓一定要找回公主。

原来，带走公主的是一个巫师。他为了报复王子的父亲，诅咒王子永远长着大鼻子，永远都生活在谎言与苦闷之中。除非王子亲口承认自己的鼻子丑，否则诅咒永远都不会被解除。

王子骑着骏马翻山越岭，四处打听公主的消息，最后被一个山洞拦住了去路。王子走进山洞，发现有位小鼻子老奶奶正冲着他笑呢："哈哈，你的鼻子太难看了，大得像纺锤一样。"

王子听了，又好气又好笑。他指着老奶奶的鼻子笑道："你的鼻子小得那么难看，为什么还笑我？"老人和王子为鼻子的美丑争论起来。

这时，老奶奶的仆人围了过来，都说老奶奶的小鼻子好看。可老奶奶走后，仆人们又悄悄地嘲笑老奶奶的小鼻子。王子看到这一切后，突然想起了那些曾经说他大鼻子美的仆人。

他想："难道他们也是在对我撒谎吗？"

王子越想越害怕，立即跑出了山洞，继续前行。其实，老奶奶是一位仙女变的。她为了帮王子解除诅咒，故意安排了这场闹剧。

　　然而，王子还是不肯承认自己的大鼻子丑。仙女只好从巫师手中救出公主，将公主冻在了一块冰块里，放在王子必经的路上。当王子看到公主时，他高兴极了。他赶紧搬来石头使劲向冰块砸去，冰块却纹丝不动。就在王子焦急万分的时候，公主伸出了手，示意让王子亲吻。然而，王子的鼻子实在太大了，他的嘴唇不管怎样调整都吻不到公主。王子大哭起来："我的鼻子怎么又大又丑啊，我讨厌我的大鼻子。"

　　就在这时，神奇的事情发生了。王子的大鼻子变小了，他如愿以偿地吻到了心爱的公主。冰块融化了，公主终于得救了。

　　老奶奶化作仙女，对王子说："你终于承认你的鼻子大了。记住：一个不敢承认自己缺点的人是得不到幸福的。"

真假王子

　　在亚历山大城，有一个叫巴拉的裁缝。他不仅手艺非凡，而且相貌英俊，深受女孩子们的青睐。为此，巴拉很得意，开始想入非非。一天，国王派人叫巴拉缝制一件长袍。巴拉做好后，将长袍披在身上，对着镜子感叹："像我这样英俊的人，一点儿也不比那些王子差。"

　　晚上，巴拉做了一个梦，梦见自己变成了王子，骑着白马迎娶了世界上最漂亮的公主。

　　第二天，异想天开的巴拉便披着长袍离开了亚历山大，决心去寻找世界上最美丽的公主。途中，巴拉不小心掉进了河里，幸好一个叫奥菲斯的男子救了他。

巴拉非常感激奥菲斯，答应为奥菲斯带路，前往亚历山大。在交谈中，奥菲斯向巴拉吐露了一个关于自己身世的秘密。原来，奥菲斯是亚历山大的王子。他出世不久，一个占星师告诉国王，说奥菲斯在年满二十岁之前，不能和国王一起生活，否则国家将会面临战争的危险。

　　国王听后，便把奥菲斯托付给了一个老仆人，并把一把短剑交给他，叮嘱说："你要好好养育王子，教他骑马射箭。等他到了二十岁，让他带着这把短剑来见我。"这次，奥菲斯王子回亚历山大正是要去与父亲团聚。

　　巴拉听完奥菲斯王子的讲述后，又嫉妒又气愤，因为他心里老觉得丑陋的奥菲斯根本不配做一名王子。

　　当天夜里，巴拉偷走了奥菲斯王子的短剑，来到了王宫。国王看到自己的短剑后，对巴拉的身份确信无疑。他立即封赏了巴拉，并让他住进了豪华的寝宫。

　　看着金光灿灿的珠宝、享受不尽的美酒，巴拉兴奋极了，因为他终于过上了王子的生活。

然而，巴拉的好日子没过几天，悲愤的奥菲斯王子就赶到了王宫。他指责巴拉是一个裁缝骗子，自己才是真正的王子。在宫殿里，他们争论不休，国王不知道该信谁的话才好。这时，一个大臣想到了一个办法，悄悄地告诉了国王。

　　国王听后，立即叫人给奥菲斯和巴拉每人一块布料，郑重地说道："谁做的长袍最好，谁就是真正的王子。"巴拉听了，心里暗自庆幸。因为对他来说，做一件袍子就和吃饭一样简单。而奥菲斯却是一脸痛苦，拿着布料不知该如何下手，因为老仆人没教他做衣服的本事。

　　很快，巴拉就把袍子做好了。为了让袍子看起来更漂亮，他还特意在上面镶上许多宝石。可让人没想到的是，国王竟冲着巴拉愤怒地吼了起来："你果真是一个骗子！如果你是王子，我怎么可能让你当裁缝呢！"

　　巴拉听完国王的话，吓得瘫软在地上，随即被士兵抓进了监狱。这下，巴拉不仅当不了王子，连裁缝也做不成了。

调皮王子

比扬王子是一个从小就爱搞恶作剧的孩子。他一天到晚到处惹是生非，因此人们都叫他"调皮王子"。

一天，调皮王子吹着口哨，一个人无聊地闲逛着。不料，口哨声引来了小魔鬼鲁鲁。鲁鲁是一个矮小的男孩，头上长着一对犄角，身后长着一条短尾巴。

他一见到调皮王子，就嘻嘻哈哈地笑着问："你就是那个人人见了都讨厌的调皮王子吧，你愿意和我一起去捣蛋吗？"

调皮王子一听，兴奋极了，赶紧点头说："当然愿意啦，因为我最喜欢搞恶作剧了。论搞怪的点子，谁也没我多，谁也比不上我。"

从此，两个小捣蛋鬼就开始形影不离地到处搞怪了，搅得百姓不得安宁。

这不，做陶器的老大爷辛辛苦苦做好的泥娃娃——飞飞就首先遭了殃。它的头被比扬当成皮球一脚踢飞了。

这时，狡猾的鲁鲁乘机将比扬的脑袋换成了泥娃娃飞飞的泥巴脑袋。比扬吓得哇哇大哭起来。

然而，鲁鲁假惺惺地安慰他说："不用难过，反正泥巴脑袋不用想事情，也没有痛苦，这多好呀！说真的，我还挺羡慕你呢。"

几天后，比扬渐渐适应了泥巴脑袋。他开始变得没有痛苦，没有自己的思想，也没有了同情心。他几乎成了一个木偶，完全听命于鲁鲁。

一次，鲁鲁带着调皮王子来到一个无底洞——魔鬼的世界。魔鬼的世界真是黑暗极了。阴冷的风不停地吹过，洞里不时闪着一些阴森的光。比扬不禁害怕起来。

在慌乱中，他弄断了鲁鲁的尾巴。鲁鲁一下子失去了魔力，再也控制不了比扬了。

最后，鲁鲁抛下比扬，悄悄地逃走了。比扬一个人待在无底洞里，吓得大哭起来，悔恨的泪水流成了一条小河。不久，小河就带着比扬来到了一个仙境。

在仙境，比扬得到了一位仙女的帮助。他们准备一起前往无底洞，消灭里面的魔鬼。

比扬来到魔鬼的洞穴，把冰凉的泉水洒到魔鬼的身上，丑陋的魔鬼立即变成了一只癞蛤蟆。

鲁鲁与比扬相遇了。看到怒气冲冲的比扬，鲁鲁吓得赶紧向他求饶，发誓再也不做坏事了。此时的比扬已有了同情心，他最终原谅了鲁鲁，并将断尾巴还给了他。

　　鲁鲁十分感动，不仅将比扬带出了魔鬼的洞穴，还帮比扬换回了脑袋。比扬开心极了，一路上，他大喊大叫："父王，母后，我回来了，我发誓以后再也不调皮了！"

密达斯王子

古罗马曾有一个叫密达斯的王子。他为人十分贪婪，除了黄金，对任何事物都提不起精神。

密达斯王子有一个美丽善良的妻子。王子非常爱她，亲切地叫她"金子麦利玛"。如果拿黄金和他心爱的妻子比较，密达斯又会毫不犹豫地选择前者——黄金。

有一天，王宫里来了一位神奇的魔法师。他对密达斯王子说："如果王子殿下真的喜欢黄金，我可以让你具有一种特别的魔法，让你拥有一辈子用不完的黄金。"

密达斯王子听后，高兴极了。他手舞足蹈地说："这实在太美妙了。亲爱的魔法师，你快让我拥有这样的魔法吧，我已经等不及了。"

于是，魔法师满足了密达斯王子的愿望，让他学会了点金术。只要密达斯王子一碰到物品，这个物品就会立即变成黄金。

第二天，密达斯起床后发现，他盖着的被子变成了一大块黄金。

"太神奇了！"密达斯高兴地叫了起来，"我要让我见到的每一样东西都变成金子！"

接着，他用手摸了摸桌子，桌子真的变成了金桌子；他用手摸了摸椅子，椅子也变成了金椅子；他用手摸了摸花朵，花朵变成了金花朵……

然而没多久，让密达斯王子烦恼的事情也接踵而来。他想要吃面包，谁知面包刚碰到牙齿，就变成了金面包；他想要喝一口甘甜的水，谁知水刚碰到舌头，就变成了金水。为此，密达斯王子又饿又渴，什么东西也吃不了。

妻子麦利玛看到他寝食不安的样子，便跑来询问他原因："亲爱的，你这是怎么了，为什么整日愁眉苦脸呢？"说着，麦利玛伸出手臂想拥抱密达斯王子。

结果，妻子刚一碰到密达斯王子，就立即变成了一尊没有生命的黄金塑像。密达斯王子伤心极了，他开始讨厌起点金术来。因为他不但又饿又渴，还失去了自己最心爱的妻子。这是一件多么不幸的事情啊。

于是，密达斯王子请求魔法师消除他的魔力，让一切都恢复原状。他忏悔道："我终于明白了，黄金不是世界上最宝贵的东西，幸福不光是拥有黄金，还要拥有亲情。如果能让我的妻子复活，我宁肯失去所有的黄金。"

"好吧，你去小河里洗个澡，然后用河水洒在你想要复原的东西上，一切就会恢复原样了！"魔法师告诉密达斯王子。

王子高兴极了，按照魔法师的话向小河奔去，用河水救活了妻子。从此以后，密达斯王子再也不喜欢黄金了。他和妻子生活得更加快乐了。

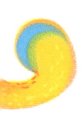

三个王子

在古老的印度，有三位英俊而勇敢的王子。三位王子都很聪明能干，他们同时爱上了邻国的诺哈公主。究竟应该把诺哈公主嫁给哪一位王子呢？这可让邻国国王犯了难。

为了公平起见，国王还是想出了一个主意。他把三个王子叫到身前，说："你们三人去全世界寻找三件神奇的宝贝。一年后看谁的宝贝最神奇，我就把诺哈公主许配给谁。"

三个王子听了，都接受了国王的条件。接着，他们立即动身前去寻找世界上最为神奇的宝贝。一年的时间很快就过去了，三位王子都各自找到了一件宝贝。

　　这天，他们在一片金色的海滩相聚了。大王子霍新的宝贝是一块非常神奇的毯子，上面织有奇异漂亮的花纹。大王子介绍道："这可不是一块普通的毯子，它是一块飞毯，坐上它可以在很短的时间内到达万里之外的地方。"

　　二王子艾默德的宝贝是一个又大又红的苹果。远远看去，它和其他苹果没有什么区别。但二王子一介绍，大家都惊奇不已。

　　二王子是这样介绍的："这个苹果可神奇了，无论病得多重的人，只要闻一闻这个苹果，就会立即好起来。"

　　最后，轮到三王子阿里介绍自己的宝贝了。他得意地拿出一根象牙管子。大王子和二王子见了都忍不住哈哈大笑起来："你这根破管子是啥宝贝呀？"

　　三王子郑重地介绍说："你们可别小看我的这根象牙管子。只要我从象牙管子里望出去，就可以看见世界上任何一个角落。"说着，阿里拿起象牙管子朝着远方的宫殿望去。

"不好了！"阿里大声叫了起来，"诺哈公主快要病死了！"

听了他的话，大王子和二王子也急得像热锅上的蚂蚁。大王子提议道："我们先坐着飞毯赶到王宫，再用苹果医治诺哈公主。"

不一会儿，三人就坐着飞毯赶到了王宫，可是诺哈公主已经只剩下最后一口气了。二王子艾默德赶紧将红苹果放在诺哈公主的鼻子下，让诺哈公主轻轻地嗅了嗅。转眼间，诺哈公主睁开了眼睛。她的脸色渐渐红润起来，一会儿就完全康复了。

可是到底应该将公主许配给谁呢？三件宝贝在整个过程中都起了重要作用，缺一不可。三件宝贝都可谓世界上最神奇的东西。国王左右为难，不知如何是好。

这时，宰相向国王献计说："既然三位王子都那么优秀，那就让他们比赛射箭吧。谁射得最远，就让谁娶诺哈公主。"

大王子铆足了劲，将弓拉得满满的，"嗖"的一声，箭像长了翅膀一样飞了出去。三王子阿里也使出全身力气将箭射了出去，他射得比大王子还要远。轮到二王子艾默德了。他的箭像一阵风，快速地朝前飞去，远得士兵们都找不到了。

国王立即宣布将诺哈公主许配给二王子艾默德，婚礼将在三天后举行。大王子和三王子都真诚地祝他们幸福。

让所有人都想不到的是，二王子的箭并非因为射得太远才没有找到，而是被诺哈公主悄悄地藏了起来，因为她早就爱上了二王子。虽然这对另外两个王子很不公平，不过这有什么关系呢？重要的是他们彼此相爱。

田忌赛马

　　田忌是齐国的大将，他特别喜欢赛马，为此他养了许多匹马。而齐国的齐威王也是一个喜欢赛马的人，两人经常在一起谈论有关赛马的事情。

　　有一回，君臣两人约定，要进行一场比赛。虽然田忌知道齐威王有不少好马，可他对自己还是很有信心。于是，他们商量好，把各自的马分成上、中、下三个等级。

　　比赛那天，马场外来了许多看热闹的文武官员，有的说齐威王肯定赢，有的则支持田忌。可是，齐威王每个等级的马的确都要比田忌的马强得多，所以一连赛了几次，田忌都失败了。

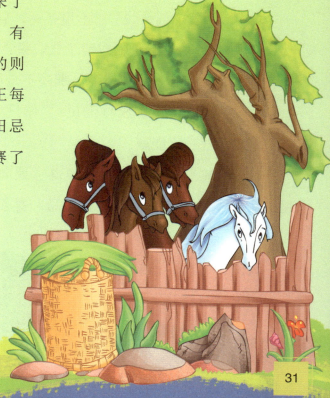

在别人嘲笑的眼神中，感到十分扫兴的田忌不等比赛结束，就垂头丧气地离开了赛马场。

这时，田忌听到有人在招呼自己，抬头一看，好朋友孙膑正站在人群中向自己挥手。田忌垂头丧气地走了过去，孙膑拍着他的肩膀说："刚才的赛马我看了，其实齐威王的马并不比你的马快多少……"

不等孙膑说完，田忌就生气地说："如果你是来挖苦我的，那我可不想听。"孙膑笑笑说："我为什么要挖苦你呢？我是来帮你的，你再去和他赛一次，我肯定能让你赢他。"

田忌惊喜地望着孙膑说："你能帮我找一匹更好的马来吗？"孙膑摇摇头说："不用换马，就用你现在的马。"田忌顿时泄了气，说："我还以为你有什么好办法呢。那还不是照样输吗？"孙膑胸有成竹地说："你只要听我的，就一定能赢。"

齐威王正坐在棚下洋洋得意地向大家夸耀自己的马匹，看到田忌和孙膑一前一后走了过来，便站起来讥讽说："怎么，难道我们的田大将军还不

服气？还想再赛一次，输得更死心些吗？"田忌点头说："是不服气，我要和大王再赛一次！"齐威王轻蔑地说："那就开始吧！"

　　一声锣响，比赛开始了。孙膑先安排田忌的下等马对齐威王的上等马，第一局自然输了。齐威王说："这样的结果难道就是田大将军想要的吗？"

　　接着进行第二场比赛。孙膑用田忌的上等马对齐威王的中等马，胜了一局。齐威王开始着急了。

　　第三局比赛，孙膑拿田忌的中等马对齐威王的下等马，又轻松赢了一局。这下，齐威王只能认输了。

　　在大家惊讶的议论声中，田忌和孙膑谈笑风生地走出了赛场。同样的马匹，只是调换一下比赛的出场顺序，就转败为胜了。

恶毒王子

从前，有一个野心勃勃的王子，满脑子都是各种贪婪的妄想：征服世界上所有的国家，成为世界上最富有的人。

因此，王子率领军队四处打仗，用抢掠的方式将战败国的财富源源不断地运回国内，然后再让战败国的人民为他日夜不停地修建宫殿。

三年过后，一座世界上最豪华的宫殿建成了。整个宫殿全用黄金做成，但人们都说它是用无数人的尸骨和鲜血铸成的。

然而，贪婪的王子仍不满足。他让世界上最好的工匠为他打造塑像，将这些塑像矗立在国家的每个角落，让人们日夜颂扬他的功绩和伟大。

一天，王子来到教堂。看到里面只有上帝的塑像，却没有自己的塑像。他十分生气，命令教父将上帝的塑像立即毁掉，换上自己的雕像。教父回答："王子殿下，你的确是世界上最了不起的人，但是对于上帝来说，你是那么的渺小。"王子听了，大发雷霆，嚷着要征服上帝。

王子叫来一群邪恶的巫师，为他打造一艘世界上最强大的飞船，准备开往天堂，与上帝决战。

途中，飞船一帆风顺，没有遇到上帝的任何阻挠和挑战。于是，王子站在船头，大笑起来："难道上帝是胆小鬼吗，为什么不敢与我决战？"

就在这时，甲板上传来了一个微弱的声音："你敢和我交战吗？"王子顺着声音低下头，发现竟是一只蚂蚁在说话。

王子抬脚就踩死了蚂蚁。然而让他没想到的是：一只只蚂蚁源源不断地从飞船的夹缝中涌了出来，毁掉了飞船。

最后，飞船重重地撞在王子的宫殿上，成了一堆废铁。

后来，人们一看到王子，就会笑着问他："你不是世界上最伟大的王子吗？怎么会被小小的蚂蚁打败呢？"

谜语王子

从前，有一位王子非常喜欢旅行，常骑着骏马周游各地。一次，王子误入了一片黑森林，直到傍晚也没找到出口。最后，他不得不在一户农家借宿。农家女是一个善良的女孩，可她的母亲是一个恶毒的巫婆。巫婆想毒死王子，幸亏巫婆的女儿将有毒的酒倒进了马槽，否则王子就再也不能去旅行了。虽然王子得救了，但他的骏马被毒死了。巫婆招来了乌鸦，它们大口大口地吃着马肉。王子气愤极了，用佩剑将乌鸦杀死，把它们装进自己的口袋，连夜逃走了。

第二天夜里，王子又到一家酒店投宿。谁知店主是一个强盗头子，他趁王子熟睡时，偷走了王子口袋里的乌鸦和黄金佩剑。这个强盗头子将乌鸦煮成汤来庆功，结果被有毒的

乌鸦毒死了。王子醒来后，取回佩剑继续赶路。

第三天，王子终于走出了黑森林，来到了一个陌生的王国。此时，该国的公主正在举行猜谜招亲大会，要是谁出的谜语能让公主三天内猜不出答案，他就将是公主的丈夫，反之则会被立即处死。

王子得知后很感兴趣，忙跑过去想试一试。王子给公主出的谜语是："什么人从不想杀人，却杀死了一个该杀的人。"公主听了，绞尽脑汁地想了两天，也没想出答案。

眼看三天的期限就要到了，公主只得蒙面潜入王子的住处，希望能从王子的梦中获得答案。果然，王子在睡梦中说出了店主误食有毒乌鸦而丧命的事情。公主高兴极了，正要离开，却被惊醒的王子抓住了。公主不得不脱掉长袍，逃回了城堡。第三天一早，公主得意地宣布答案，并下令将王子处死。临刑前，王子拿出公主留下的长袍对众人说："公主是因为偷听了我的梦话才知道答案的，不信大家看看这件长袍吧。"面对自己的长袍，公主羞愧难当，她主动向王子承认了错误。最后，在大家的欢呼声中，刑场变成了婚礼的殿堂，王子与公主成了幸福的一对。

王子和小仙女

国王和王后有个独生儿子。一天午夜时分，王子走进王宫里的小树林，在松软的草地上散步。突然，王子看见月光下的草地上，站着一个只有小木偶般大小的仙女。小仙女披散着长长的头发，头上戴着镶满宝石的金冠。王子很喜欢这个小巧玲珑的仙女。他伸出手想拉住小仙女，小仙女却突然消失了，王子拽下了她的一只小手套。

第二天晚上，王子又走进了树林。他取出怀里的小手套，情不自禁地吻了吻。这时，小仙女又出现在他的面前。他俩在月光下漫步，说也奇怪，娇小的仙女明显地长大了。从此以后，王子和仙女每晚都在林子里相会。王子越来越爱小仙女，小仙女也一夜夜地长大。到了第九个晚上，小仙女竟长得和王子一般高了。

小仙女对王子说："我愿意成为你的妻子。但是，你一辈子只准爱我一个人！"

"我爱你始终如一。我向你发誓，娶了你以后，我对别的女人看也不会看一眼。"王子说。

"请你一定要记住自己的诺言。否则，我就不再是你的妻子了。"

三天以后，王子和小仙女举行了隆重的婚礼，幸福地生活在一起。

七年后的一天，王子在皇宫外遇见了一位棕黄头发的美女。美女的眼睛始终盯着王子，和妻子挽着手的王子忍不住看了美女三次。转眼间，王子的妻子就变矮了。美女一直跟着王子，王子又偷偷地回头看了一次美女，结果他的妻子又变回了原来娇小的模样。当王子回到王宫时，小仙女已经小得再也看不见了，最后彻底消失了……

王子娶了棕黄头发的美女。然而，新妻子非常贪婪，如果不满足她的要求，她就会又哭又闹。王子实在无法忍受，只好把她赶出了皇宫。王子十分后悔，常常思念娇小的仙女。每天晚上，王子都会走进小树林，四处寻找小仙女。直到王子变得白发苍苍，小仙女再也没有回到他的身边……

聪明的阿里巴巴

很久以前，在波斯国的某城市里住着兄弟俩，哥哥叫戈西姆，弟弟叫阿里巴巴。父亲去世后，他俩就分了家，各自靠着所分的一点财产自立了门户，为生活日夜奔波着。

后来，戈西姆幸运地与一个富商的女儿结了婚，他继承了岳父的产业，很快就成了远近闻名的大富商。而阿里巴巴娶了一个穷苦人家的女儿，夫妻俩靠卖柴为生，过着贫苦的生活，全部家当除了一间破屋外，就只有一头毛驴。

有一天，阿里巴巴赶着毛驴去山上砍柴。在他正准备下山的时候，一支马队扬着滚滚的尘土从山下狂奔过来。

毛驴吓得撒腿跑进了树林。阿里巴巴心里也害怕，知道碰到的是一伙强盗，想拔腿逃跑，但是那帮人来得太快了，要想逃走已是不可能了，他只得赶紧爬到一棵大树上躲了起来。

　　茂密的枝叶，把阿里巴巴完全遮了起来，但他又可以从上面清楚地看到下面的一切，这里真是一个绝佳的位置。他看到那帮人跑到大树旁，在一块大石头前停了下来。他们共有四十个人，一个个虎背熊腰、行动敏捷，是一伙猖獗的强盗。可他们到这儿来做什么呢？阿里巴巴决心看个究竟。

　　这时，一个首领模样的人走到那块大石头跟前，喃喃自语道："芝麻，开门吧！"话刚说完，大石头突然开了一扇宽阔的大门，强盗们陆续走了进去。首领最后进入洞里，那扇大门便自动关上了。

　　阿里巴巴看到这一幕惊讶极了，但又不敢下树，只好继续躲在树上窥探。这时，山洞的门又开了，强盗头目先走出洞，他站在门前，等人全部出来了，便开始念道："芝麻，关门吧！"话音刚落，洞门就自动关了起来。喽们各自走到自己的马前，纵身上马，跟随首领扬长而去。

　　阿里巴巴在他们走得无影无踪之后，才从树上下来。他试着大声喊道："芝麻，开门吧！"他的喊声刚落，洞门立刻打开了。

　　他小心翼翼地走了进去，洞里的景象让他看呆了——洞中堆满了财宝。阿里巴巴深信这是一个强盗们数代掠夺所积累起来的宝窟。他装了几袋金币，捆在柴火里面，把驴子找了回来，扔在它背上，返回了城中。

　　到家后，他把装着金币的袋子搬进房内，摆在妻子面前。阿里巴巴把山中的经历告诉了妻子，妻子听了惊喜万分，急忙到戈西姆家中借升来称量。

　　戈西姆的妻子是个好奇心特别重的人，她在升内的底部刷了一点蜜蜡，以便知道像阿里巴巴那样的穷鬼家有什么可量的。当阿里巴巴的妻子把用完的升还回去时，她并没有注意到

底部的蜜蜡上还粘着一枚金币。

　　戈西姆的妻子马上就发现了升底
那枚亮晃晃的金币，顿时就起了嫉妒
之心。等戈西姆一回来，她迫不及待地把阿里巴巴的妻子前来
借升还升，以及自己发现粘在升底的金币的事向他说了一遍。
戈西姆听了之后，也觉得非常惊奇，他也急于想知道阿里巴巴
是从哪里得到的金币。

　　第二天一早，戈西姆就去逼问阿里巴巴。阿里巴巴在哥哥
的威逼下，只好把山洞的所在地和开关洞门的暗语一字不漏地
讲了一遍。戈西姆仔细听着，把一切细节都牢记在心头。回到
家，他立刻赶着雇来的十匹骡子，来到山中。他按照阿里巴巴
的讲述，走进了山洞，他的注意力完全被堆积如山的财宝吸引
住了，没有察觉洞门已经自动关了起来。待他激动地装够金币
后，却早把暗语忘记得一干二净了。

　　他试着大喊："大麦，开门吧！"可洞门一点动静都没有。

戈西姆开始着急起来，连着喊出了花生、绿豆……唯独想不起"芝麻"这两个字。半夜，强盗们抢劫归来，看到山洞里精疲力尽的戈西姆，都大吃一惊。接着强盗首领一刀结果了他的性命，还把他的尸体分成了几块。

戈西母的妻子见丈夫一直没有回来，急得找到阿里巴巴直哭。阿里巴巴安慰了嫂子一番，然后骑着自己的毛驴，到山洞找哥哥。他一进洞门就看见了戈西姆的尸首。阿里巴巴收拾好哥哥的尸首运回家，把哥哥遇害的事情告诉了嫂子，并准备下葬。

为了保守秘密，阿里巴巴让女仆马尔基娜戴上面纱拿着金币，去找老裁缝巴巴穆司塔，让他蒙住眼睛，再到家里来。巴巴穆司塔见到金币，立即答应了这个要求。他把尸首按原样拼在一起，很快就缝合了起来。阿里巴巴按当地风俗为哥哥举行了葬礼。

等强盗们再次返回洞中，发现戈西姆的尸首不见了，断定山洞的秘密一定还有人知道。不把那人查出来，他们是不会安心的。

一个小强盗意外地在裁缝巴巴穆司塔那里听到了他奇怪的经历，就让他蒙住眼睛再演习一遍，结果找到了阿里巴巴的家。小强盗用白粉笔在大门上画了一个记号，免得下次来报复时找错了门。马尔基娜很快就看到了门上的那个白色记号，料到这是有人故意做的标记，于是她就用粉笔在所有邻居的大门上都画上了同样的记号。这样一来，强盗们就无法准确找到阿里巴巴的家了。首领十分生气，认为是手下办事不力，决定亲自出马。

　　首领很快找到了阿里巴巴家。他准备扮成卖油商人，让强盗们藏在油瓮中，趁天黑时求阿里巴巴容他们暂住一宿，然后到晚上再一起动手，结果他的性命，夺回被盗窃的财物。

　　在阿里巴巴散步时，首领装成油贩子向他借宿。阿里巴巴没有认出他，因而同意了他的请求，安排他将油都存放在柴房中。

　　马尔基娜晚上去柴房找油，发现了油瓮中的强盗。她想了想，就舀了一大锅油，架起柴火，把油烧开，依次给每个瓮里浇了一瓢滚烫的油。潜伏在瓮中的强盗还没弄清楚是怎么回事，就一个个被烫死了。

　　当首领准备报复的时候，他发现他的手下全死了，他只得逃走了。就这样，强盗的报仇计划又一次失败了。

　　天亮后，阿里巴巴打开瓮盖，看到了死在里面的强盗，吓出一身冷汗，他十分感激机智的马尔基娜救了全家的性命。后来，阿里巴巴把山中宝库的秘密告诉了他的儿子和孙子们，并教他们进出山洞的方法，让他们代代相传，继续享受宝窟中的无尽财富。但是无论什么时候，他都教导他们不要忘记帮助别人。

聪明的小裁缝

　　从前，有一个美丽又骄傲的公主。面对那些来向她求婚的王子们，她都要给对方出个谜语，谁答对了，她就嫁给谁。结果，一直没有求婚者猜中公主的谜语。那些衣着华丽的王子都在公主的嘲笑声中灰溜溜地离开了王宫。

　　后来，公主认为自己是最聪明的人，就越来越骄傲了。她干脆命令大臣在城门口张贴了一张大大的告示，上面写道："不论是什么人，只要能回答出公主的问题，就能娶到公主。"

　　一天，三个裁缝在看到告示后都来到了王宫。其中两个年纪稍微大一些的是当地有名的裁缝，他们认为自己见多识广，一定能赢得美人归。

　　第三个裁缝比较年轻，他的缝纫技术还不够精湛，所以常常被其他两个裁缝嘲笑。不过，小裁缝很聪明，所以他也很有信心能娶到美丽的公主。过了一会儿，几个侍女陪着公主出来了。只见公主穿着白纱做的长裙，金黄的卷发被松松地揽起垂到脑后。她的嘴唇像樱桃一样红，皮肤像牛奶一样白嫩，和传说中的美丽的仙女一个模样。只是她的小嘴总是高傲地噘起来，脸蛋儿像雕塑一样没有表情。如果换成微笑的样子，她该多漂亮呀！

　　"哇！"三个裁缝看到美丽的公主，都情不自禁地叫起来。"是你们要来猜谜语吗？"公主用冷冷的语气问道，"希望你们不要浪费我的时间。"

　　三个裁缝都自信地点了点头。"一个人有两种颜色的头发，你们说是哪两种颜色？"公主冷漠地问道。

"我来，我来。"年纪最大的那个裁缝急忙说道，他怕别人抢先回答了公主的问题，因为他觉得这个答案简直太简单了。

"当然是黑和白两种颜色了。"年纪最大的裁缝自信地答道。"错！"公主面无表情地说，"下一个！"

第二个裁缝很庆幸自己刚才没有抢先作答，不然他也会像第一个裁缝那样回答的。不过，现在已经排除了黑色和白色，答案应该更简单了。"是红色和褐色，像老年人穿的礼服一样。"他很有把握地说。

"错！下一个！"公主又说。

这下可把两个裁缝搞迷糊了，他们垂头丧气地站在了一旁。

轮到小裁缝了，他向前跨了一步，礼貌地说："尊敬的公主，应该是银发和金发，对吧？"

公主猛地打了一个趔趄，差点就跌坐在了地上。她没想到小裁缝答对了问题，暗暗责怪自己出题太简单了。但很快，她又恢复了平静。

"恭喜你，小裁缝，你猜对了。"公主严肃地说，"不过，现在你还不能娶我。除非……"

"除非什么？"小裁缝着急地问。"皇宫的后院里有个笼子，里面有一头大黑熊。除非你今晚到笼子里去陪它住一晚，我才愿意嫁给你。"公主一边说一边想着，"明天日出前，这个小裁缝一定早被大黑熊吞到肚子里去了。"

"好的，我愿意去和大黑熊搭伴睡一晚。"小裁缝胸有成竹地说。

到了晚上，身上背着一个布袋子的小裁缝被关进了大黑熊的笼子。笼门刚关上，大黑熊就一掌向小裁缝劈了过来。它那肥厚的大掌如果真打到小裁缝身上的话，准能把小裁缝打得比扁豆还扁。

　　"慢点，朋友。"小裁缝说道，"你看我给你带来了什么？"说着，小裁缝不慌不忙地从布袋子里掏出了几个胡桃，津津有味地咬了起来。胡桃壳破了，透出一股诱人的香气。

　　"这是什么啊？闻起来这么香，吃起来一定更棒吧？可以给我几个尝尝吗？"大黑熊笑嘻嘻地请求道。

　　"好，你等等。"小裁缝很大方地从布袋子里掏出几个递给大黑熊。只是他给大黑熊的不是胡桃，而是坚硬的鹅卵石。

　　大黑熊学着小裁缝那样咬了好久，牙都咬痛了，还是一个也没有咬开。可是，它明明看到小裁缝轻易就把胡桃咬破了，吃到嘴里了呀。

　　"我竟然笨到连一个胡桃都咬不开吗？"大黑熊气得头上的毛都竖了起来。它说："喂，是不是你给我的胡桃特别硬呢？你给我把这个胡桃咬开看看。"

　　小裁缝接过大黑熊手中的鹅卵石，趁它不注意的时候换成了胡桃往嘴里一送。"嘎嘣"一声，胡桃一下子被小裁缝咬成了两半。

"你这个小裁缝都能做到的事情，我怎么可能做不到呢？我今天一定要试试看。"大黑熊咆哮道。说着，它就把所有的鹅卵石全放在嘴巴里继续咬了起来。

到最后，大黑熊累得睡着了也没能把鹅卵石咬成两半。

可大黑熊恐怖的叫声传到了公主耳中，她心想："那个可怜的小裁缝准成了大黑熊的夜宵了。"想着想着，公主忽然感到有一点难过。不过她还来不及伤感，就进入了梦乡。第二天，公主来到大黑熊的笼子前一看，眼前的情形让她惊讶得嘴巴都合不上了。

原来，她看见大黑熊乖乖地躺在一边睡觉，小裁缝正在做着晨练呢。这下，公主再也没有理由不嫁给小裁缝了。但嫁给一个裁缝，公主还是有些犹豫。

"孩子，小裁缝猜对了你的问题，又征服了凶恶的大黑熊，这说明他是一个非常聪明的人。能嫁给一个聪明人是你的福气呀。"于是，国王给公主和小裁缝举行了盛大的婚礼。他们幸福的生活就这样开始了。

渔夫与魔鬼

大海边住着一个勤劳善良的老渔夫，他每天随着太阳升起出海打鱼，又伴着落日回到家里。他的一生都是这样度过的。有一天傍晚，老人当天最后一次撒网，网住了一只被锡纸密封的黄铜罐子。"或许，这个破罐子还可以换几个钱。"老人这样想着，拿起了罐子，发现罐子挺重的。"说不定里面还有什么珍贵的东西呢。"老人心想。于是，他找了一把小刀，小心翼翼地刮去了牢固的锡纸。

一股青烟后，渔夫面前出现了一个长相凶恶的人，他说："谢谢你，老渔夫。虽然你救了我，但是我却要杀了你。"原来，罐子里囚禁了一个魔鬼，他正狰狞地对着老渔夫笑呢。

"为什么呢？"老渔夫觉得自己很委屈，问道，"我做错了什么啊？难道救你也是一种罪孽吗？"

"哈哈！"魔鬼笑得更恐怖了。他说："好吧，为了让你死得瞑目，我就把整个事情的经过都告诉你。

"我本来是一个天神。可是火神说我作恶太多，就把我囚在了这个罐子里，扔进了大海。我当时暗暗地想，如果谁在这个世纪救了我，我将让他享尽人间所有的荣华富贵。可是，一百年过去了，我没有等到那个人。

"后来，我又想，如果谁在接下来的一百年里救了我，我会让他变得很富有。可是，仍然没有谁碰到这个罐子。

"到了第三个世纪，我等得不耐烦了。但是，我仍然对自己说，如果谁救了我，我会实现他的三个愿望。"

"唉！"魔鬼深深地叹了一口气，忽然愤愤地说，"我等了整整三个世纪呀，却没有一个人来救我。于是，我发誓，从此以后，不管谁救了我，我都要杀了他。"

　　"哈哈！"老渔夫突然大笑起来，到最后笑得都直不起腰来了。他这一笑把魔鬼搞糊涂了，他本来以为老渔夫会吓得脸色发白，跪地求饶呢。老渔夫笑完后，不屑地说道："快别在这里骗人了。这个罐子口还没有你的手指头大呢，我才不相信你是从罐子里变出来的呢。"说完，老渔夫做出一副完全不相信的样子。

　　"哼！"魔鬼没想到居然有人敢怀疑他无边的法力。他生气地说："好，你给我看好了，我马上就钻进去给你看！"

　　魔鬼真的又回到了罐子里。老渔夫赶忙用锡纸把罐子紧紧地密封好，然后大声说："你这个可恶的魔鬼，回到大海里去吧。像你这样恩将仇报的家伙，永远也别想得到自由！"说完，老渔夫把罐子扔到了大海里，然后愉快地回家了。

快乐的汉斯

汉斯给雇主干了七年活。回家的时候，雇主给了他一块大大的金子。汉斯拿着金子往家走。没多久，他就累得喘不过气来。这时，迎面来了一个骑马的人。看着威风凛凛的骏马，汉斯羡慕地对骑马人说："我能拿金子换你的马吗？"骑马人高兴地答应了。就这样，汉斯骑上了骏马。没多久，马不服从汉斯，耍起了倔脾气，它仰起身把汉斯摔了下来。还好，旁边有一个牵着母牛的人走过来，他伸手扶起了汉斯。汉斯觉得还是母牛比较听话，而且还有新鲜的牛奶喝，于是，他又拿自己的马换了母牛。

有了母牛的汉斯，急不可待地想要挤牛奶。哪知道笨手笨脚的他，不但没喝到牛奶，反倒被母牛狠狠地踢了一脚。这一幕刚巧被一位路过的赶猪人看见了。

　　赶猪人哈哈大笑："你看看我的猪，多听话！"汉斯听了，又用自己的母牛换了肥嘟嘟的小猪。汉斯快乐地赶着小猪往家走。这时，一个唱着歌的磨刀人迎面走来了。

　　汉斯问他："你为什么这么快乐呀？"

　　磨刀人说："因为我有一块奇特的磨刀石，它能磨出世界上最锋利的菜刀来！"

　　汉斯羡慕地说："我用小猪和你的磨刀石交换吧！"于是，汉斯又用小猪换了一块磨刀石。

　　石头很重，在过一条河的时候，汉斯一不小心，脚下一滑，磨刀石"扑通"一声掉进了水里。水很深，他找了半天都没有找到。汉斯安慰自己："我干吗要找呢？反正挺沉的，丢了不是更好吗？"这下子，汉斯可轻松了，他高高兴兴地哼着歌回家去了。

猎人海力布

海力布年轻力壮，是寨子里最能干的猎人。为了帮助生活艰难的人家，他经常将辛苦获得的猎物分给他们。乡亲们都非常感动，称他为"好心眼的海力布"。

有一天，海力布去深山打猎，忽然听到空中有扑腾声。抬头一看，原来一只老鹰抓住了一条小白蛇。他急忙用弓箭射下老鹰，救了小白蛇。第二天晚上，一个美丽的女孩找到海力布，说："我的救命恩人，谢谢你！"海力布大吃一惊。

女孩说："我是龙王的小女儿，就是你昨天救下的小白蛇。我爹爹想要当面感谢你，他请你去龙宫做客。"海力布惊讶得一句话也说不出来。

女孩说："到了龙宫，你什么珠宝都别要，只要爹爹嘴里的蓝宝石。有了它，你就能听懂各种动物的语言。不过，你千万不能告诉别人你听到的话。如果你违背了诺言，就会变成一块冰凉的石头。"

海力布听从了女孩的安排，拒绝了龙王仓库中的宝物。龙王很羞愧，说："难道你一件宝物都不稀罕吗，我的恩人？"

海力布说："对于一个猎人来说，宝物再美也没有用。如果你愿意将你嘴里的蓝宝石送我，让我听懂动物的语言，岂不是很好？"

龙王吐出宝石送给了他，说："你可一定要记住，千万不要将听到的话告诉其他人，否则就会受到惩罚，失去性命。"

拥有了宝石，海力布能听懂所有飞鸟和野兽的语言，他打到的猎物更多了。有一天，他正在山林中打猎，突然听到一群飞鸟在唧唧喳喳地商量："快飞走吧！过了今晚，洪水就会淹了整个村寨。"

　　"是啊，是啊，再不走就没命了。"海力布听得直冒冷汗，连忙赶回了村子，说："我们快点儿搬家吧，这里不能住了。"

　　乡亲们舍不得离开家园，说："为什么呢？祖宗留下的好地方，怎么能随便丢弃呢？"海力布不敢说出原因，又无法说服乡亲，他急得掉眼泪。

　　几个老人说："好心眼儿的海里布，到底为什么呢？我们舍不得离开呀！"

　　海力布叹了一口气，说："好吧，我不会因为自己想要活下来，就让乡亲们都死去。"他含着泪水，将自己怎么遇见小

白蛇，怎么得到能使自己听懂动物语言的蓝宝石，以及怎么知道飞鸟的预报，都一五一十地说了出来，请求大家快点搬家。就在他说话的时候，他的身体一点点变硬，最后他成为了一块大石头。

第二天清晨，当乡亲们带着牛羊爬上山顶时，天空中下起了暴雨。随着一阵又一阵的电闪雷鸣，罕见的大洪水奔腾而下，将无数村寨和山林彻底淹没。

人们都说："要不是海力布，我们肯定都会被淹死的。"等到洪水消退了，大家将海力布变的石头搁在东方，世世代代纪念他。

饲养猴子为生的人

从前，楚国有一个老头靠饲养猴子为生，所以人们都叫他狙公。

每天早上，狙公起床后，就让一只老猴子带着其他猴子们去山上采摘野果。晚上，等猴子们一回来，狙公就开始对它们大吵大吼，逼着猴子们交出手上的野果。虽然猴子们都不情愿，但一看到狙公手上挥舞的棍子，它们只得乖乖地交出来。而狙公呢，得了果子后，只留下一点儿果子给猴子们吃。

等野果积累到一定的数量，狙公就把野果拿到集市上卖掉，换钱养活自己。

　　有一次，几只猴子不愿把野果交给狙公，便遭到了狙公的毒打。猴子们见了，都非常生气。

　　一天，一只小猴子突然问："山里的累累果实，难道是狙公栽种的吗？"

　　猴子们都说："不是呀，那些果树都是野生的。"

　　小猴子又问："既然这样，我们为什么要靠做苦力过日子呢？"听了小猴子的话，猴子们恍然大悟。

　　晚上，猴子们等狙公睡熟后，便悄悄打开了猴栏，拿上狙公积存的果实，跑进了树林。狙公一觉醒来，发现猴子们全跑了，野果也不见了，气得直跺脚。狙公没了猴子，最后竟活活地饿死了。

聪明的宝石匠

　　拉陀斯刚满十八岁的时候，父母就不幸去世了。后来，他决定到大城市里去看看，心想在那里或许能找到一个好工作。来到大城市，他在一个精美的大橱窗前停下了。里面放置的那些精美的宝石深深地吸引了他，他觉得自己一生的工作就应该是当宝石匠。

　　虽然拉陀斯这个年纪才开始学习制作宝石已经太晚了，但是主人被他的诚心打动，还是收留了他。拉陀斯学习非常努力，不到两个月就学会了别人两年才能学会的东西。

"这个小伙子一定是福星投胎。"连主人都禁不住赞叹道。

一天，拉陀斯路过王宫的大门时，发现门前的玉柱上挂着一个人头，便回去问主人。主人告诉他，国王有一个从来不说话的公主，他向全世界宣布，如果谁让公主说话了，就把公主嫁给谁。那以后，王宫每天都挤满了人，却没有一个人能让公主说话，这让国王和公主烦透了。

后来，国王对那些前来尝试的人说："如果三天内不能让公主说话，就把你们的头悬在宫门的玉柱上……"拉陀斯看见的就是其中的一个不幸者。

有一天，一个大臣来到主人的店里，要求他给公主制作几件饰品，要做得比以前任何饰品都漂亮。

这可把主人难住了，拉陀斯表示愿意帮主人完成。主人不放心，只把其中一件饰品交给他试做。当拉陀斯把完工的饰品拿

给主人看时，主人惊呆了，要他把其他几件饰品也做好。

　　"从今天起，你就是我的师傅了。哈哈，我该怎么感谢你呢？"主人高兴地问。"我只求你让我把这些饰品送给国王。"拉陀斯提出了要求，主人爽快地答应了。

　　细如蛛丝的花纹，惟妙惟肖的叶子，那完美的饰品让国王看得目不转睛。

　　"太神奇了，谁有这样的本领呢？"

　　"尊敬的国王，是我做的。"

　　"那我该怎样奖励你呢？"

　　"我想见公主，试着让她说话，请您答应。"

　　于是，国王让拉陀斯走进了公主的房间，自己却藏在隔壁

的房间里。公主正在刺绣，丝毫没有理会拉陀斯。拉陀斯也没有对公主说一句话，他只是走到公主的一幅肖像前，说："美丽的肖像啊，你来回答我一个问题吧：雕刻家用木头雕刻出一位姑娘来，裁缝为她缝制了衣裳，而第三个人使她说话，她究竟该感谢哪个人呢？"

"当然是感谢第三个人了，不然还有谁呀。"公主头也不抬地说道。

"哈哈哈哈，"只见国王大笑着从隔壁走出来说，"乖女儿，你终于说话了！"

公主发现自己能说话了，也高兴地扑到国王怀里。没过多久，公主就和拉陀斯结婚了。婚礼上，她戴着丈夫亲自做的饰品，成了王国里最美丽的新娘。

三千里寻母记

　　小男孩马可和亲爱的爸爸、妈妈、哥哥一起生活在意大利南部一个贫穷的小镇上。为了维持生计，马可的妈妈安娜去了遥远的阿根廷做女仆。那时候，有不少意大利妇女到南美洲去工作，因为那里的工资很高。

　　安娜和家人分别的时候，心里难受极了，可是为了能让马可和他的哥哥生活得更好一些，她还是一步一回头地走了。马可的爸爸在妻子走了以后，也努力打工挣钱，希望家境快点好转，妻子能早日回来一家人团聚。自从妈妈走了以后，马可整天都惦记着她，每天都盼望着她的来信。

　　不知不觉一年过去了，妈妈安娜的信渐渐少了。已经有很长时间连一封信都没有收到了，父子三人都非常担心。马可因为想念妈妈，几乎要病倒了。

　　最后，年仅九岁的马可告别父兄，毅然踏上了寻母的漫长旅途。马可坐上了开往阿根廷的轮船，因为他没有太多的钱，只好靠帮水手干活，换得一些食物。

　　幸运的是，马可在轮船上遇到了一位去南美洲看儿子的老人，他听说马可的事情以后，非常同情他。他安慰马可："别担心，你很快就可以见到你妈妈了。"

　　船在大海上航行了整整二十七天后，终于到达了阿根廷首都布宜诺斯艾利斯。马可高兴得忘了一切，只希望快点找到妈妈。好不容易找到了妈妈打工的地方，谁知道她却已经随着主人一家搬到几百公里外的可特淮市了。马可听了这个消息，没有泄气，他告诉自己："无论多远，我都一定要找到妈妈。"

马可把身上的钱计算了一下，他用一部分钱先坐马车到洛赛留，然后再步行到妈妈所在的那个城市。鞋都磨穿了他也舍不得买一双新的，因为他身上只有几分钱了，买吃的都不够。可是可特淮市还非常遥远呢。这时，马可遇到了那位在航行中结识的老人。老人找到朋友，为这可怜的孩子募捐到了八元四角钱。

感谢了老人之后，马可带着这来之不易的路费又上路了。最后，他终于到达了可特淮市！谁知竟然这么不凑巧，妈妈打工的那户人家又移居到四五百公里外的杜克曼了。

不肯放弃的马可找到了一位愿意免费带他去杜克曼的好心车主。车主说："车子要走二十多天。下车以后，你还要步行很久。"马可坚定地回答："只要能找到妈妈，什么苦我都愿忍受。"

在途中，一路颠簸的马可病倒了，在昏迷中他还不停地叫着妈妈。车主并没有嫌弃这个生病的孩子，他细心照顾着马可，一直到他病愈。

到了和车主分开的路口时，马可又独自一人上路了。他并不知道，他的妈妈现在正在病床上躺着。这位固执的母亲拒绝了医生准备手术的建议，她怕手术不成功而提前死去。正是因为生病，她才一直没有给家里写信。

而马可呢，他还在路上艰苦地跋涉着。一天晚上，安娜已经快不行了，她哭喊着儿子的名字："我的孩子啊，妈妈将永远看不到你们了。"这时，可怜的马可还在密林中深一脚浅一脚地向前走着。

医生劝慰安娜："再不接受手术，你就没命了。"安娜还是摇摇头，她说："不，我不想接受手术。如果手术失败，我还不是得死。"医生没办法了，不再开口。

就在这时，衣服褴褛、满身尘垢的马可出现在了病房门口，是主人把马可带来了。安娜欣喜若狂，紧紧地抱住心爱的小儿子。她的想法也发生了转变，为了儿子，她愿意接受手术。

安娜的手术很成功，马可顾不得休息，一直守护着她。医生抚摸着马可瘦弱的肩膀说："孩子，你真勇敢！是你救活了你母亲。"

弓箭手和卖油翁

古时候，有一位名叫陈康肃的人，他是当时远近闻名的神箭手，有百步穿杨的本事。

有一次，他故意在街市练箭，想凭自己的本领向众人炫耀一番。不一会儿，他就吸引了不少路人前来围观。

大家见陈康肃射箭百发百中，都一个劲儿地为他呐喊助威，连连叫好。陈康肃一听，很开心，射得更加卖力了。他一会儿站着射，一会儿卧着射，让大家大饱眼福。

然而，就在大家频频叫好的时候，有一位卖油翁在不停地摇着头。傲慢的陈康肃见了，认为老头瞧不起自己，就不屑地问："你这老头为何不停地摇头？难道我射得不好，还是你也会射箭？"

卖油翁诚恳地说："射箭我不会，我觉得只是你的箭术并没有什么了不起的。"

陈康肃听了哈哈大笑："你一个老头竟敢口出狂言，你有什么本事，让我们也见识见识！我倒要看看你有什么了不起。"

只见卖油翁把一个葫芦放在地上，取出一枚铜钱盖在葫芦嘴上，然后拿起油瓶，让油穿过铜钱上的方孔流进葫芦里。倒完后，卖油翁拿起铜钱向众人展示，方孔上竟一点儿油星也没沾。

众人看后，都十分惊讶，纷纷鼓掌称赞。卖油翁笑着说："我卖了大半辈子油，像这样倒油只是小菜一碟。没什么了不起的。"

从此以后，陈康肃明白了熟能生巧的道理，再也不四处炫耀本领了。

郑成功收复台湾

　　崇祯十七年，明朝灭亡了，而明朝的最后一个皇帝——崇祯，在景山上吊死了。清朝的军队占领了北京。郑成功的父亲是明朝的大官，所以清朝派了好多军队到福建攻打他们。可是，清军实力不够，打不过"郑家军"，他们就想了一个主意。清军主将派人去骗郑成功的父亲说，如果他们投降，就给他大官做，而且保留他们的性命。郑成功的父亲相信了，只带了几

个人就去了清军大营。谁知道，他们这次上当了，清军把他们抓起来，送到了北京。

郑成功一听说父亲被清军抓去了，非常生气。他决心无论付出什么样的代价都要守住明朝的最后一点阵地。为报国仇家恨，郑成功组织了一支军队，去对抗清朝的军队。在出发前他们规定了很多纪律，比如：不准伤害妇女、小孩和老人；不许抢百姓的东西等等。因为他们的军队严守纪律，所以老百姓也特别拥护他们。

郑成功的军队打了好多胜仗，很快就从福建打到了南京。郑成功每天都骑着他的战马，腰里挂着宝剑和士兵们一起前进，所以大家打仗都很有劲。

"郑家军"很快就围住了南京，南京的城外密密麻麻都是"郑家军"。清朝的军队趁着晚上偷袭了"郑家军"。郑成功和他的部下们虽然奋勇抵抗，但终因没有防备而损失惨重。他们没有办法，只好从南京一直撤退回了福建。

回到福建后，郑成功想了很久，最后他明白了，只要打仗，死的就都是中国人，不应该让中国人自相残杀。

这时，和福建一水相隔的台湾被荷兰人占领了，他们在台湾岛上横行霸道，残害百姓。郑成功听到这个消息后非常难过，因为台湾从来就是中国人自己的地方，怎么能让外国人侵占中国的领土呢？经过认真考虑，郑成功决定出兵去解救台湾。

郑成功很快就准备好了几十艘大船。大船载着很多和他一样仇恨荷兰侵略者的士兵，驶向台湾。趁着天黑，郑成功的大船悄悄驶近了台湾宝岛，但不巧被正值勤的荷兰士兵看到了，他一边往回跑一边喊："不好了，不好了，有军队打过来了。"

台湾岛上的荷兰军队用火炮轰打郑成功他们的大船，但郑成功早就在地图上标好了敌人火炮的距

离，所以火炮根本就打不着他们。一群荷兰士兵看着干着急也没有办法，只有哇哇大叫。

郑成功的大船一靠岸，船上的士兵就像天兵天将一般冲了出去，他们把荷兰士兵打得落花流水。很快，荷兰士兵非常狼狈地投降了，把宝岛台湾还给了中国。台湾岛上的老百姓听说郑成功的军队打败了荷兰士兵，都围着他们高声欢呼，整个台湾岛沸腾了。从此，宝岛台湾又回到了祖国母亲的怀抱，那里的人们又过上了幸福的日子。

人们一直都很怀念忠于祖国的郑成功，到现在，台湾还保存着许多纪念郑成功的庙宇，并把每年的七月十二日定为纪念他的日子。

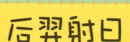

后羿射日

在古时候，掌管天庭的天帝和太阳女神羲和有十个儿子，他们长得一模一样，名字都叫太阳，他们一起住在东海外的一棵大扶桑树上。他们的母亲安排他们每天一个轮流着去天上照耀大地，给人类光和热，让树木和农作物生长。开始他们都很高兴这样的安排，觉得去天上工作，看着大地的万物，是一件十分有趣的事情。他们尽心尽力地工作着。

可是，日复一日，年复一年，这十个兄弟渐渐厌烦了这样的工作，觉得每天独自在天上非常寂寞。于是他们就想了个办法。他们一起去天上工作！可是，母亲羲和每天都守着他

们，他们根本就没有机会一

起去天上。

　　机会终于来了，一天天帝叫羲和去

商量事情。他们开心极了，终于等到母亲不

在身边的这一天了。母亲羲和刚走，他们就不顾

一切地一齐拥上了天。天上十个太阳一起发光发亮，整

个世界就像是被火烤着一样。太阳兄弟们在天上笑啊笑，却没

有感受到地上百姓的痛苦。

　　庄稼被晒死了，树木都干枯了，牛羊渴死了，就连河里的

水也被蒸发得无影无踪了。河床光秃秃的，被晒得满是裂缝，

上面躺满了死去的牲畜。人们没有东西吃，没有水喝，生活过

得实在是苦极了。所有的人都在祈求上天让太阳兄弟们回家。

　　天帝听到了人们的呼喊，看到了人间的疾苦，觉得自己的

儿子们实在是太胡闹了。他非常生气，就派了天庭里最好的神

箭手后羿去劝说儿子们回家。后羿领了天帝的旨意后，就立刻背上自己的弓，拿了十支箭到地上执行任务去了。

刚刚来到地上，后羿就感到火一般的灼热。他皮肤被阳光晒得干裂疼痛，汗水哗啦啦流个不停。他看到百姓受苦受难的模样，心里很难过，他非常同情人类。

他冲着天上玩得正开心的太阳们喊："太阳兄弟们，我是你们父亲派来的天神！你们快回去吧，不要再胡闹了！"可是，太阳们像是没听见一样，继续兴高采烈地玩着，理也不理后羿。后羿苦口婆心地又劝说了很久。

太阳们想："后羿不过是天庭里一个小小的天神，能有什么本事。我们是天帝的儿子，爱怎么样就怎么样。"

于是，他们仍然在天上嬉笑打闹着，一点儿离开的意思也没有。后羿见这十个太阳不听自己的劝说，根本不把百姓的死活放在眼里。于是他愤怒了，决定惩罚这几个胡作非为的家伙。

后羿从身后取下弓箭，瞄准了一个太阳，只听"嗖"的一声，其中的一个太阳被射中了，他身上的火焰熄灭了，掉了下来。剩下的九个太阳大吃一惊，他们想不到后羿敢射杀天帝的儿子。

他们尖叫道："后羿，你疯了吗？你居然敢射杀天帝的儿子，天帝绝对不会放过你的！"后羿一听这话，更加生气了，他朝着太阳们喊道："我不管你们是谁的儿子，只要犯了错，我都会一样地惩罚你们！"说完，又接连射下来八个太阳。正当他准备射杀最后一个太阳的时候，百姓来求他。他们说："请为我们留下一个太阳吧！要是没有太阳，我们就无法生存，只能生活在无尽的黑暗和寒冷之中。"

于是，后羿听从了百姓的请求，为人类留下了最后一个太阳，也就是今天在我们头顶上的太阳。

三个和尚

　　在很远很远的一座山上，有座小庙，住着一个小和尚。他每天的生活就是挑水、念经、敲木鱼，实在无聊的时候就给观音菩萨案桌上的净水瓶添添水，在夜里捉捉老鼠什么的。他每天只用做一个人的饭菜，洗一个人的衣服，挑一个人用的水……这样的生活倒也悠闲自在，轻轻松松。

　　不久，庙里来了个高和尚。之所以这样称呼他，是因为他实在太高了，估计有两个小和尚那么高吧。

　　"渴死我啦！"高和尚一进门就大叫道。接着，他轻而易举地举起小和尚平时装水的大水缸，"咕噜咕噜"一口气就把里面剩的大半缸水喝光了。小和尚只能在一旁瞪眼睛。

　　到了晚上，小和尚的肚子饿得"咕咕"叫。可是他却没法做饭吃，因为水都被高和尚喝光了。

"你去把水打回来吧！"小和尚对高和尚说，"就在山腰上，到湖边就一条直路，很容易找到的。"

高和尚心想："两个人吃饭，却要我一个人去挑水，太吃亏了。"于是高和尚对小和尚说："我们一起去抬水吧！我第一次去，你该给我带带路呀。万一我迷路了就不好了，不知道什么时候才能把水打回来呢。况且你在这里闲着也是闲着。"

小和尚觉得高和尚说得蛮有道理，就同意了。但是两个人一次只能抬一桶水，怪麻烦的。他们俩又斤斤计较，要求水桶必须放在扁担的中央才能心安理得，谁也别想占谁的便宜。虽然吵吵闹闹的，但他们每天总算还是有水喝有饭吃。

后来，庙里又来了一个胖和尚，他也是一来就把大半缸水喝光了。不同的是，他喝完了还抱怨道："你们两个人才挑这么点水。"

"想喝水自己挑！"小和尚和高和尚一起大声说道。他们可从来没有这么团结过，他们想，得先给新来的一个

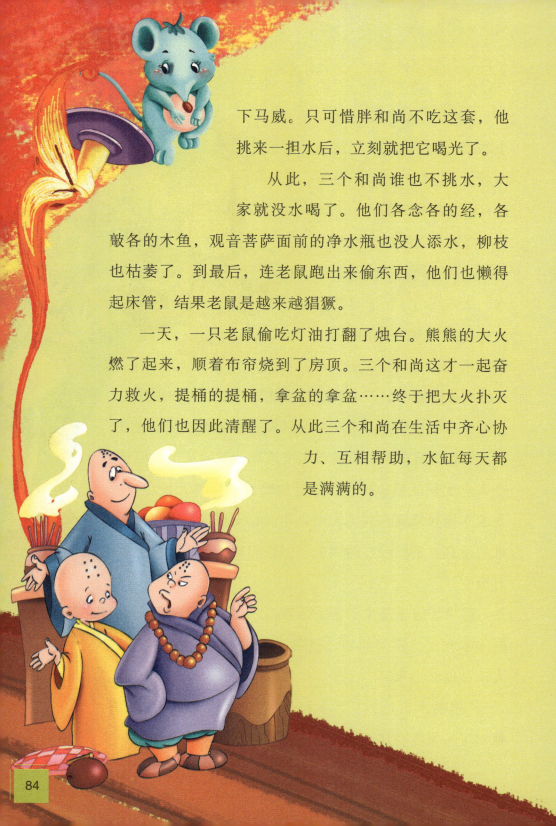

下马威。只可惜胖和尚不吃这套，他挑来一担水后，立刻就把它喝光了。

从此，三个和尚谁也不挑水，大家就没水喝了。他们各念各的经，各敲各的木鱼，观音菩萨面前的净水瓶也没人添水，柳枝也枯萎了。到最后，连老鼠跑出来偷东西，他们也懒得起床管，结果老鼠是越来越猖獗。

一天，一只老鼠偷吃灯油打翻了烛台。熊熊的大火燃了起来，顺着布帘烧到了房顶。三个和尚这才一起奋力救火，提桶的提桶，拿盆的拿盆……终于把大火扑灭了，他们也因此清醒了。从此三个和尚在生活中齐心协力、互相帮助，水缸每天都是满满的。

相同的判决

　　从前，有一对兄弟，他们的父母早就死了，只给他们留下了一间破房子、一头老骡子和数也数不清的债务。为了还钱，两兄弟起早贪黑地干活，日复一日，年复一年，钱终于还清了，可两兄弟还是那么穷。

　　有一天，弟弟上山砍柴的时候，发现了一个宝库。那是许多年前强盗留下的，后来强盗们被官府一网打尽，宝库却被人们遗忘了。

　　靠着宝库里的金银财宝，弟弟发了大财，家里不仅修了大

房子，还买了几十亩
的田地。富弟弟整天
端着茶壶，在自己的
地头巡视，生怕那些
雇来的工人偷懒。

自打有了钱以后，
富弟弟再也看不起贫
穷的哥哥了，他觉得财富是自己的，不能让别人跟着沾光。于
是他和哥哥分了家，带着老婆、孩子搬进了新家。

富弟弟虽然有钱，却十分吝啬，他专门嘱咐厨师说："每
天做三次饭，多浪费柴火呀，以后每天早晨就将一天的饭做
好。"厨师没有办法，只好听老爷的。冬天还好，饭菜放一天
也不会坏；夏天可就糟糕了，那些美味一放就变味了。

有一天，富弟弟看到儿子将手中的饼子往地上扔，非常生
气，立刻命令儿子将饼子捡起来吃了。儿子被吓得哇哇大哭起
来。儿子一边哭一边说："我不愿意吃这些已经发霉了的饼子，
简直太难吃了，就是猪也会嫌弃的。"

富弟弟听了儿子的话，勃然大怒，亲手捡起霉饼，津津有

味地吃了起来。富弟弟一边吃一边教训孩子："你真是个败家子，早晚会把家给败光，一点儿也不像我！"

看他这样对待儿子，富弟弟的老婆气得和丈夫打了起来。她说："发了财，你却越来越吝啬了，我已经受够了，再也不想吃这些馊饭和霉饼了。我真羡慕你哥哥，一家三口，穷是穷，可感情那么好。"说完，她牵着孩子就回娘家去了。

富弟弟看到老婆和孩子走了，心中的怒气更大了。老婆的话刺激了他，他心想他过得不痛快，也不能让哥哥一家开心。他想到哥哥住的房子、用的骡子都是父母留给他俩的，不能让哥哥一个人独吞。

想到这里，富弟弟急急忙忙找到穷哥哥，他要求哥哥把房子拆了，分一半砖给他；把骡子杀了，分一半肉给他。

穷哥哥一听觉得很为难，他想保留共同的财产，于是说："房子是祖上留下来的，不能拆；骡子是你我亲手养大的，不

能杀。我宁愿给你钱，赎回你的那一半。"

富弟弟才不管这些呢，他坚持要属于自己的一半。没有办法，兄弟两个只好去见法官。法官认为弟弟没有错，每个人都有权利处理自己的那一半。富弟弟得意洋洋地杀了骡子，接着就要拆房子。

穷哥哥刚把自己的破烂家具搬到院子里，富弟弟就请人放火把属于自己的那一半给烧了。

穷哥哥不高兴地说："你不应该烧房子，你把我的一半也给烧了。"穷哥哥觉得不公平，于是再一次请来了法官。法官还是说："每个人都有权利处理自己的那一半。"

后来，穷哥哥在自己的屋子前的地上种了很多黄豆。黄豆成熟以后，富弟弟的儿子摘了几粒豆子吃，穷哥哥抓住了孩子，带他去见富弟弟。

穷哥哥说："我要划开他的肚皮取豆子。"富弟弟吓坏了，赶忙回答："你要多少黄豆，我就给你多少黄豆，只要你不伤害我的孩子。"穷哥哥不同意，坚持只要孩子已经吃进肚的那几粒豆子。

于是，富弟弟找来了法官，要求他做出公正的判决。法官回答："和上两次一样，他也有权利处理自己的东西。"

富弟弟急得像热锅上的蚂蚁。回到村里，富弟弟请来一些德高望重的老人，请他们为儿子求情。老人们十分同情那个可怜的孩子，都去找穷哥哥，让他放过弟弟的孩子。

穷哥哥回答："其实我并不想杀掉他的儿子，孩子是无辜的。我只是想教训他一下，一家人怎么能不团结呢！"说完，他就把孩子放了。

富弟弟想到自己以前自私自利的做法，非常惭愧，于是亲自到哥哥家，请求他的原谅。后来，他们又和好如初，一起过上了美满的生活。

宝贵的话

　　天黑了，一个流浪汉还没有找到住处。他又累又饿，实在是没有力气再走下去了。于是，他到路旁的有钱人家求宿。开门的是女主人，她非常凶恶地把流浪汉赶走了。流浪汉只好拖着沉重的步子继续走着。后来，他来到一间很破的屋子前。女主人是一个好心的寡妇，带着一大堆孩子，她很热情地接待了流浪汉。

　　晚饭的时间到了，女主人请流浪汉一起吃饭。

　　"累了吧？"女主人微笑着说，"坐下和我们一起吃点热东西吧，然后好好睡一觉！"

　　流浪汉走过去一看，桌子上只有几个土豆，勉强够几个孩子填饱肚子。

"谢谢您！"流浪汉说，"我今天走路太累了，没有胃口。你们吃吧！"说完，流浪汉搬了一条长凳子放到屋子角落里，躺下睡觉了。

第二天一大早，流浪汉一醒来就离开了。"女主人，"临走前，流浪汉说，"我送你一句话吧！你早上做什么，就一直做到晚上。"女主人听了笑了起来，她每天都需要从早忙到晚才养得起孩子们呀。

等流浪汉一走，她马上翻出箱底的一块白麻布。这是家里唯一的布料了，她本来是舍不得用的，可是看到孩子们的衣服实在太破了，她决定给孩子们做点什么。

女主人于是到前面的有钱人家去借来尺子，她要好好计划一下才能给每个孩子都做一件衣服。说来也怪，本来不到几尺的麻布，女主人量了一上午也没量完。原来，每量一尺，麻布就会自动增加一尺，像会生长一样。到了晚上，整个房子里都塞满了白麻布。

有钱人家的女主人等了一天，尺子都没有还回来。

她想："这穷寡妇家会有什么呀，需要量一整天，该不会是她不想还我的尺子了吧。"

于是，她决定去隔壁看看。

刚进门，她就尖叫了起来，善良的寡妇赶忙向她解释了一切。有钱的女主人真是后悔极了，她取回尺子后马上派人追回了流浪汉。

有钱的女主人准备了一桌子的酒菜，请流浪汉好好享受。流浪汉吃得越开心，她就越满意。她开始想象着流浪汉将要带给自己什么好处了。

三天以后，流浪汉吃饱喝足，决定离开了。

"你没有什么话要嘱咐我吗？"她见流浪汉没有说话的意思，迫切地问道。

"嗯……"流浪汉犹豫了一下，说，"你早上做什么，就一直做到晚上吧！"

流浪汉走后，她急忙回到房间里，关上门，取出一匹上好的丝绸。

正当她拿起尺子时，突然觉得肚子有点饿，她想起昨天发酵的面团应该可以烤面包了。"嗯，我先去把面包烤好，一会儿再来量丝绸。这样到了晚上就有吃的了。"她自言自语道。

于是，她飞快地跑进厨房，取出一部分面团放进烤炉。她把炉火烧得很旺，希望面包快一点出炉，好去量丝绸，结果面包却被烤焦了。"还有面团呢，我再来烤一次。"她又取了一部分面团放进烤炉。过了一会儿，她又烤出了另一盘焦面包。

她就这样一直烤着焦面包，没有办法停下来。因为面团用一点儿就长一点儿，如果她动作不快一点，面团会塞满整个厨房的。

到了晚上，面团终于不再长大了。有钱的女主人也累坏了。看着一屋子的焦面包，她气得大哭起来。

背篓

从前，有一位老头儿，他含辛茹苦地把儿子拉扯大了，可自己的身子骨却一天不如一天了。

自从儿子娶了媳妇后，他这个当爹的不但没能过上一天舒心的日子，反而越过越累。他每天依旧上山砍柴，下地种田……

有一天，老头儿在砍柴回家的路上，一不小心摔了一跤，从山上滚到了山下，摔断了腿。

从此以后，老头儿就卧床不起，再也走不动了，更不用说下地干活了。起初，儿子还挺孝顺，每日三餐从不落下，生活起居也照顾得十分周到。可日子一长，媳妇不乐意了，她渐渐嫌弃起老头儿来。

一天，媳妇对丈夫说："咱们家老头儿每天就知道吃饭、睡觉，啥活儿也不干，得想个办法才行啊。"于是，他们就嘀嘀咕咕地商量起来，最后决定用一个背篓把老

人背出去扔了。

这天，儿子和媳妇正准备将老人背出门，孙子见了便问："你们要把爷爷背到哪儿去呀？"

"背到很远的地方让他享福去！"儿子回答，媳妇也连连点头。

"那请你们一定要把背篓带回来。"

"为什么？"孩子的父亲好奇地问。

"等你们老了，我也要背你们到很远的地方享福去！"孩子笑着说。

听了孩子的话，儿子和媳妇突然明白了：今天他们怎样对待老人，将来他们老了，他们的儿子也会怎样对待他们。

从此，儿子和媳妇开始好好地照顾老人，让老人愉快地度过每一天。就这样，一家人过着幸福的生活。

猫老爹

在一个村子里，有一位姑娘叫做莉齐娜，她像春天盛开的花儿一样美丽，善良的心比天上的星星还要闪亮。可是，好姑娘却有一个坏继母。继母对她很不好，让她不停地干又脏又累的活，还和自己疼爱的亲生女儿贝比娜一起嘲笑她："瞧，她的脸和锅底一样黑。"

但是树上的小鸟这样唱道："任何的肮脏都掩盖不了莉齐娜漂亮的脸蛋和善良的心灵。"因为莉齐娜经常会把自己省下的饭粒喂给它们吃，它们可不允许有人对莉齐娜不好。

继母看到连小鸟都在帮助莉齐娜，心里更加生气了，她安排了更

多的事情来折磨她。而莉齐娜
实在是受不了继母的虐待，就
从家里偷偷地跑了出来。

可是，她没有什么亲戚可以投奔，一个人在路上孤单地走
着。她走了很久，在一棵大树下看到了猫的一家。

猫咪们热情地招待了她，莉齐娜觉得这儿像阳光一样温
暖，便留了下来。莉齐娜十分感激猫咪收留了自己，所以每天
都早早地起床，为猫咪们做香喷喷的饭菜，还把它们的一件件
小衣服洗得干干净净的。猫咪们都喜欢这个既勤快又善良的好
姑娘，大家一起开心地生活着。

在猫的家庭里，有一位白胡子老猫咪，被称为"猫老爹"。
猫老爹对莉齐娜总是笑呵呵的，像疼爱自己的女儿一样疼爱
她，希望她能在这个大家庭里一直住下去。

过了一些日子，莉齐娜开始想家了，她对猫咪们说："我想妈妈和妹妹，让我回家去看看吧。"

猫老爹急忙挽留她，说："好姑娘，我们都舍不得你啊，而且她们对你一点儿都不好。"

可是莉齐娜还是想回家，猫老爹只好答应了她的请求，还说要送她一个小小的礼物。

猫老爹把莉齐娜带到金水缸前，说："跳下去吧，姑娘，会有奇迹发生的。"莉齐娜听话地在金水缸里泡了一会儿，等她出来的时候，全身变得金光闪闪的。当她回到家里时，听到了一声鸡叫，她转过头去看，额头上就冒出了一颗美丽的金星，跟天上的星星一样漂亮。

大家都在盛传这个额头上闪着金星的姑娘，连宫里的王子也知道了。他特地从宫里跑了出来，当看到莉齐娜时，他不由地爱上了她。于是，王子真诚地向莉齐娜求了婚，莉齐娜也庆幸能找到属于自己的幸福。他们商定过几天就举行婚礼。

妹妹贝比娜看到姐姐即将成为王子的新娘，嫉妒得眼睛都发红了。她请求姐姐告诉了她额头上的金星是怎么得到的。于是，贝比娜沿着莉齐娜走过的路，找到了猫咪们的家。

好客的猫咪们接纳了她，可是这个懒惰的姑娘天天不做事情，还向猫咪们发脾气，说饭菜难吃、床铺太硬。

有一天，猫老爹忍不住了，把她扔进了油水缸。可怜的贝比娜在油水缸里泡了半天，等她出来时，浑身都沾满了油。被赶出门的贝比娜只好一步一滑地往家走。在路上，她听到了驴子的叫声，便转过脸去大骂驴子："大笨驴，你怪叫什么？没见过有人身上沾油吗？"

这时候，她的额头上竟然长出了一根驴尾巴，怎么拉也拉不掉。贝比娜哭泣着回到了家，妈妈一看她这个样子，便把所有的怒气发到了莉齐娜身上。

迎亲的日子到了，莉齐娜被继母锁了起来，而丑陋的贝比娜却盖着红绸布，做了假新娘。当载着新娘的马车路过猫咪们

住的地方时，猫咪们唱起了一支歌："喵喵喵，呜呜呜，快点揭开红头布，王子不要去上当，这个不是真新娘。"

王子听了，马上揭开了新娘的红头布，看到了额头上长着驴尾巴的贝比娜。

王子大怒道："你是谁？竟敢冒充我的莉齐娜！"贝比娜吓坏了，只好老老实实地交待了实情。王子回到莉齐娜住的地方，手持着长长的宝剑，吓得继母赶紧把真正的新娘交了出来。

当天晚上，王子和莉齐娜举行了盛大的婚礼。新娘头上的金星发出耀眼的光芒，让她更加光彩照人。猫咪们也来参加婚礼了，猫老爹给了这对新人送上了最美好的祝福，祝他们幸福到永远。

勇士海森

　　从前，有一个叫海森的人，他非常勇敢，人们都喜欢叫他"勇士海森"。但是，海森的妈妈却很担心儿子会骄傲，从来不夸奖他。海森很不甘心，他要周游世界，看看世界上是不是真的有比他更勇敢的人。他穿过了一个大森林，还翻越了一座大山，碰见了一个骑着狮子的人和一个骑着老虎的人。海森看看自己骑着的马，心想："或许他们真的比我勇敢。"于是，海森问："请问你们两位要去哪里呢？"

　　"我们在周游世界。不过还想在这里住两天，你可以和我们一起。"两人回答说。海森正想找个机会和他们较量一下，就欣然同意了他们的建议。他们约好，今天海森打猎，骑老虎的人捡柴，骑狮子的人烤面包。

晚上，到了吃饭的时间，骑狮子的人却没有端出可口的面包。他说："刚才一个饥饿的老头路过，我看他可怜，就把面包给他吃了。""嗯！帮助老人是应该的。"海森赞同地说。

第二天，轮到海森捡柴，骑狮子的人打猎，骑老虎的人烤面包。和前一天一样，当他们回来后，骑老虎的人也没有拿出面包来。"今天又来了一个可怜的老头，我也把面包给他了。"听了骑老虎的人的解释，大家都没有说什么。

到了第三天，轮到海森烤面包了，他烤出了一个又大又香的面包。正当海森思考着会不会又出现一个老头时，背后突然来了一个大黑怪。

"你的面包烤得比你的同伴香多了。"大黑怪耸了耸鼻子，说道。

海森这才知道，那两个同伴口中的可怜老头原来是这个大黑怪。他以最快的速度抽出宝

剑朝大黑怪的头砍去，谁知大黑怪立刻又长出了一个头。直到海森砍了七次，大黑怪才终于倒在地上死了。海森从大黑怪身上搜出了一个装着七只小鸟的透明盒子。

两个同伴回来后非常羞愧，答应海森一起去大黑怪的洞里看看，他们还主动提出要走前面。

两个人把绳子系在腰间先后下到洞里。可是，没过多久，他们就大叫着"有火"，让海森把他们拉了上来，海森只好自己下去看看。当他下到有火的地方，他并没有让同伴把他拖上去，而是加快速度，落到了洞底。在洞底，他意外地看到一个美丽的姑娘在低声哭泣。"你是人，还是鬼？"海森警惕地问道。

"我是人，一个大黑怪把我抢来，要我做他的老婆。我不同意，他就把我捆在这里，天天鞭打我。"姑娘说。

　　海森把姑娘放了，告诉她大黑怪已经被自己杀死了。姑娘很感激海森，还帮助海森找到了大黑怪的宝藏。海森让两个同伴把宝藏和姑娘拉了上去，然后他把绳子系在腰上再让他们把自己拉上去。两个同伴为了私吞宝藏和姑娘，就把海森拉到半空中又放下去，想摔死他。

　　海森重重地摔了下去，砸穿了一层地狱。在那个黑暗的世界里，他又看到了一个坐在海边哭泣的姑娘，原来海神要强娶这个姑娘。"不要哭，我会救你的。"说完，勇敢的海森拔出宝剑，狠狠地朝出现在海面上的海神砍去。可是被砍了好多次，海神依然安然无恙，他还把海森踩在了脚底。

　　"你可以告诉我这是为什么吗？我也好死得瞑目呀。"海森说。

"哈哈，我不像你们凡人，生命在自己体内。我的生命在一个黑色巨人身上的盒子里。"还没等海神说完，海森赶快打开从大黑怪那里取来的盒子，掐死了里面的七只小鸟。只听"砰"的一声巨响，海神掉进海里死了。

这时，周围突然出现了许多欢呼的人们，他们都夸赞着海森勇敢。在他们的帮助下，海森回到了地面。这时，那两个同伴正在为怎么分宝藏和那个漂亮姑娘而争吵着，海森毫不费力就杀死了他们。

那个漂亮的姑娘很喜欢勇敢的海森，希望做他的妻子。于是，海森带着漂亮的姑娘和宝藏回到了母亲身边，并且把自己在外周游的经历详细地讲给了妈妈听。

"妈妈，我是最勇敢的人吗？"海森问道。"是的，你是世界上最勇敢的，我亲爱的儿子。"妈妈毫不犹豫地说。

聪明的阿凡提

从前，有一个非常聪明的人叫阿凡提。那时候，国王总是欺压老百姓。老百姓稍有反抗，就要被杀头。大家都敢怒不敢言。可是阿凡提不怕，他走到哪里就在哪里说国王的坏话。国王知道以后，非常生气，就把阿凡提抓来审问。

国王说："阿凡提，都说你聪明，那我来考考你，你要是回答不上来，我就杀了你！"

阿凡提镇定地说："好啊，请您考吧！"

国王问："天上有多少颗星星？"阿凡提回答："天上的星

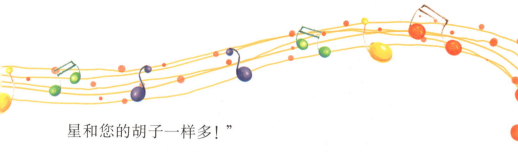

星和您的胡子一样多！"

国王又问："那我的胡子有多少啊？"阿凡提抓起小毛驴的尾巴说："您的胡子和这头小毛驴的尾巴上的毛一样多。"国王听了非常生气，命人把阿凡提抓起来砍头。

谁知阿凡提一点儿也不怕，反而哈哈大笑："我早就知道自己今天要死啦！倒是您，我可怜的国王陛下，您连自己哪天死都不知道呀！"

国王一听，连忙问道："那你知道我什么时候死吗？"

阿凡提得意地说："我当然知道啦！您比我晚一天死呀！"国王听了大惊失色，连忙命人给阿凡提松绑。

他讨好似的说："阿凡提，你可不能死，你要好好地活下去！你死了，我也就要死了啊！"说完，国王还送给阿凡提很多金银财宝。就这样，阿凡提骑着他的小毛驴，唱着快乐的歌走了。他把那些金银财宝全分给了穷苦的百姓，然后继续游走四方，用他的智慧为穷人们打抱不平。

鲁班雕凤

　　鲁班是古代著名的能工巧匠，出生于世代工匠之家，从小跟着家人做工。由于非常善于雕刻，鲁班被土木工匠尊为祖师。

　　有一次，鲁班在一根柱子上精心地雕刻一只凤凰。工作进行到一半时，凤凰的凤冠和凤爪还没有刻好，翠绿色的羽毛也没有披上，旁观的人就开始指指点点，评头论足了。

　　见了凤身的人说："这哪是什么凤凰呀，简直就像一只白毛老鹰。"

　　见了凤头的人说："这哪是什么凤凰呀，简直就像一只秃头的白鹅。"渐渐地，所有的人都开始嘲笑起鲁班来，说他手艺不精，雕出来的凤凰奇丑无比。

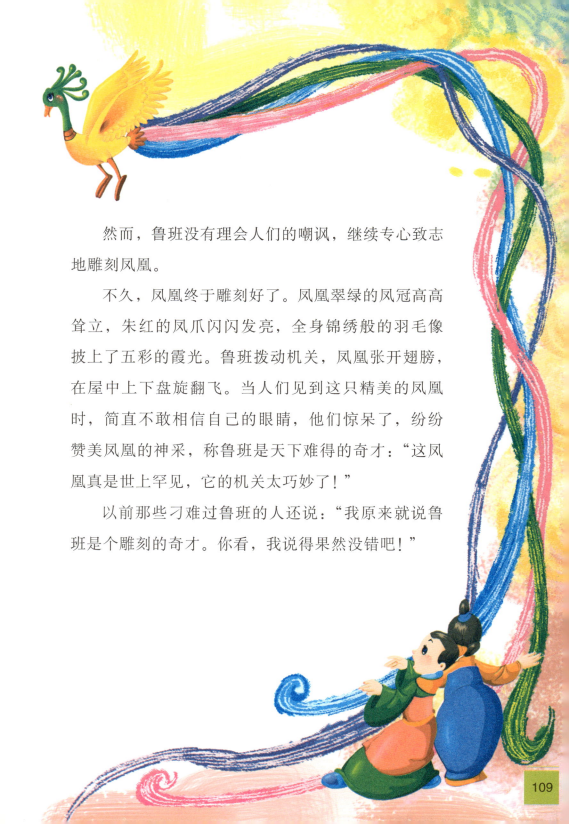

　　然而，鲁班没有理会人们的嘲讽，继续专心致志地雕刻凤凰。

　　不久，凤凰终于雕刻好了。凤凰翠绿的凤冠高高耸立，朱红的凤爪闪闪发亮，全身锦绣般的羽毛像披上了五彩的霞光。鲁班拨动机关，凤凰张开翅膀，在屋中上下盘旋翻飞。当人们见到这只精美的凤凰时，简直不敢相信自己的眼睛，他们惊呆了，纷纷赞美凤凰的神采，称鲁班是天下难得的奇才："这凤凰真是世上罕见，它的机关太巧妙了！"

　　以前那些刁难过鲁班的人还说："我原来就说鲁班是个雕刻的奇才。你看，我说得果然没错吧！"

让诺的神笛

　　有一天，让诺的妈妈为他做了一块香喷喷的大蛋糕。让诺开心极了，拿着蛋糕就在大街上吃了起来。这时候，一个老婆婆来到他的身边，说："好心的孩子，你的蛋糕能给我尝一尝吗？"让诺见老婆婆很可怜，想也没想就把蛋糕给了她。

　　"谢谢你，好心的孩子。"老婆婆接过蛋糕，大口大口地吃了起来。

　　吃完后，老婆婆拿出一支长笛送给让诺："这支长笛是我的传家宝，我把它送给你吧！说不定哪天它会帮助你。"让诺拿着长笛吹了吹。真奇妙，他一吹，周围的动物和人都跳起了舞。原来，这是一支神笛！

　　有了神笛后，让诺四处旅行。一天，他来到了一个城堡。

城堡里住着一位公主，让诺一见到她就爱上了她。于是，他到国王那里向公主求婚。

国王说："我的女儿只嫁给最聪明的人。所以我要考考你。明天，你带上十二只白兔和十二只黑兔，不许系任何绳子，把它们带到田野去。如果在太阳落山之前能把它们都带回来，就可以娶我的女儿。"让诺听完，点了点头，接受了挑战。

第二天，让诺带领十二只白兔和十二只黑兔出发了。一路上，他吹起了神笛，兔子们跟着他边走边跳舞，傍晚，又跟着他回到了城堡。国王很吃惊，因为以前没有谁能一只不少地带回这些兔子。他认定让诺是最聪明的人，就把女儿嫁给了他。让诺住进城堡，和公主幸福地生活在一起。

宝莲灯

　　从前，玉皇大帝在每一座山都派了天神来守护。而镇守华山的是天上的神将二郎神和他美丽的妹妹三圣公主。三圣公主有一件镇山之宝，大家叫这个宝贝"宝莲灯"。三圣公主就用这个法力无边的宝贝来驱妖降魔，帮助受苦的百姓。

　　这天，到了华山封山的日子，三圣公主带着贴身丫鬟朝霞来到山上巡视。巡视完后，她们见没有人，于是就开始在山上嬉戏起来。正当两人玩得高兴的时候，朝霞突然发现有人上山来了。上山的这个人名叫刘彦昌，是杭州的一名书生，准备去京城赶考，路过华山想上山散散心，欣赏一下闻名天下的华山美景。望着山上美丽的景色，想起关于华山的许多传说，刘彦昌不由地诗兴大发，在山壁上写了一首诗：

神仙有伴侣，

玉女喜吹箫。

不见凤凰至，

何以慰寂寥。

刘彦昌写完诗后，

觉得有些疲倦，于是就找了个干净的地方躺下睡着了。这时，三圣公主和朝霞走了过来。朝霞指着刘彦昌对三圣公主说："公主，你看！这不是刚才上山的那个人吗？他还在这里题了一首诗呢！"

朝霞看了看墙上的诗问三圣公主："公主，这首诗是什么意思啊？"

三圣公主说："这首诗是说古时候，秦穆公的女儿爱上了会吹箫的萧史，后来他们两个人乘坐凤凰上了天，做了一对幸福美满的夫妻。"

这时，天上下起了小雪，三圣公主脱下身上的沉香衣，盖在刘彦昌身上，然后才恋恋不舍地乘云离开。刘彦昌醒来后发现自己身上有一件衣服，以为是哪位好心的过路人给他的。收好衣服，刘彦昌想继续赶路，突然，他觉得一阵头晕目眩，昏了过去。一直看着他的三圣公主带着朝霞又立刻赶回来细心地照顾他。后来，他们渐渐产生了感情，结了婚，还生下了一个儿子，取名沉香，一家人生活得很快乐。

可是，知道了此事的二郎神却很不高兴，他认为自己的妹妹不能嫁给一个凡人，准备去找妹妹问罪。可他也害怕那厉害的宝莲灯，就先叫黄毛童子去骗走了宝莲灯。

黄毛童子刚走，二郎神就找上门来了。公主见哥哥来了，知道会有事情发生，就赶紧让朝霞带着丈夫和儿子从小路先下了山。三圣公主见他们走远了，才来见哥哥。她强忍着泪水哀求哥哥说："哥哥，我们一家人在一起很幸福，就请哥哥成全我们吧。"

二郎神一听，立刻暴跳如雷。他说："我可不想被别的神仙嘲笑说有一个思凡的妹妹。"说完，就施法术将三圣公主压在了华山之下，让她永远失去了自由。

刘彦昌虽然逃走了，可他却没有办法救出妻子，又舍不得离开，只好在山下开了一个私塾，以教书度日，细心照顾儿子沉香。他时刻遥望着华山，盼望能与自己的妻子见面。可是他自己没有能力去救出心爱的妻子，只能把所有希望放在儿子沉香身上，希望他快快长大，好去救妈妈。

时间过得很快，一晃十年过去了，小沉香已经十岁了。看着这个身体健壮、眉清目秀的儿子，刘彦昌感到非常欣慰。他不仅自己教儿子读书写字，还为儿子请了武术老师，教儿子习武。

一眨眼，六年又过去了。十六岁的沉香长得既英俊又强

壮。见儿子已经长大成人了，刘彦昌就对沉香说了关于他母亲的一切。沉香听了后，决心要将母亲救出来。

第二天，沉香就背上行囊，先去找到朝霞阿姨。朝霞带着沉香去看了三圣公主被关押的地方后，就带着沉香去灵台山霹雳大仙那里学习道法，学成后才能解救三圣公主。

在灵台山上，霹雳大仙先是带着沉香来到一片桃林，给他吃了两个桃子。沉香吃下桃子后，顿时觉得身上的筋骨好像全部舒展开来了一样。

霹雳大仙笑着说："这桃子可以让你强筋健骨。"接着又带沉香到仙气飘飘的莲花池里洗了个澡。洗完澡后，沉香觉得神清气爽，身上的力气一下增加了许多。霹雳大仙告诉他这水是可以让人增加力气

的神水。

最后，大仙给了沉香一把闪闪发光的神斧，并教会了沉香怎样使用神斧。学成后的沉香心里更是急着想见到母亲，于是就跟着朝霞阿姨赶往华山去救母亲。

到了华山，刚好碰见了舅舅二郎神带着哮天犬在山上游玩。朝霞指着傲慢的二郎神对沉香说："他就是你的亲舅舅二郎神，就是他把你母亲关起来的。"

沉香一听，想到母亲所受的痛苦，心里一腔怒火升了起来，举起斧头对着二郎神就砍了过去。

二郎神急忙朝旁边一闪，躲开了这一斧头。二郎神听说这武功不凡的孩子是妹妹和凡人所生的，也非常生气，用手中的武器向沉香刺去。他们就这样打来打去，一时半会儿也没有分出胜负。

正在这时，曾经大闹天宫的孙悟空路过华山，看到他们在打架，觉得十分好玩，就停下来问在旁边观看并为沉香担忧的

朝霞。朝霞把沉香不幸的身世告诉了孙悟空。

仗义的孙悟空听完后非常生气，他觉得这二郎神实在太可恶了，不仅把自己的亲妹妹压在这华山下面这么多年，让他们一家人不能团聚，现在还要对自己的侄子下此毒手，真是一点儿人情味都没有。

孙悟空想："当年我和猪八戒、沙僧不也是保护凡人唐僧去西天取经，才修成正果的吗？他二郎神凭什么就看不起凡人，还要对自己的亲人下毒手呢？我得教训教训这个可恶的二郎神。"想到这里，孙悟空掏出金箍棒，朝着二郎神打了过去。

原本，二郎神就和沉香打个平手，现在加上孙悟空，二郎神哪里还是他们的对手，只好败下阵来，匆忙逃走了。就这样，沉香战胜了二郎神，成功地救出了一直受苦的母亲三圣公主，夺回了宝莲灯。

从此，沉香跟着父亲母亲过着幸福的生活。

七美人

　　从前，在一个小村庄的一间破屋子里，住着一对贫穷的夫妻。他们有一个勤劳美丽的独生女儿，家里面所有的活她都会做，无论是织布还是绣花都很出色，她把家里收拾得井井有条。

　　她实在太优秀了，以至于村子里没有一个女孩可以和她相比，她简直比七个女孩加起来还要优秀，所以人们就叫她"七美人"。

　　七美人不但心灵手巧，而且十分美丽，但她是个很庄重的人，从来不到处炫耀她的美丽。她去做礼拜的时候总是在脸上蒙一块面纱，以免人们总是盯着她看而亵渎了神灵。

有一次她做礼拜的时候，王子看到了她那曼妙的身影，实在太想看到她的面容了，无奈面纱让他无法如愿。

王子问随从："为什么那个女孩子总是蒙着面纱？"

随从说："她叫七美人，是这个村子里最美丽、最庄重的女孩子，她很少让别人看到她美丽的容颜。"

王子对七美人感到十分好奇，他下决心要结识这个女孩子。于是，他派仆人带一枚金戒指给她，请她晚上到大橡树下见面。七美人如约而来，因为仆人对她说有人想要请她做一件精美的东西。

王子一看到美丽的七美人，立刻深深地爱上了她。他请求七美人嫁给他，但是七美人拒绝了，说："您贵为王子，而我一贫如洗，您的父王知道了，一定会很生气的。"

但是王子实在太爱她了，他不停地祈求，倾诉自己的爱意，七美人被感动了，她请王子让她考虑几天。于是王子常常和她约会，终于，七美人也深深地爱上了王子。

但是七美人还是不肯答应王子的求婚，因为她知道，王子太富有而她太贫穷，国王一定不会答应的。

然而，热烈的爱战胜了一切，在王子第七次约会她的时候，七美人终于答应了王子的求婚。于是他们每天都在老橡树下相会，相互倾诉爱慕之情，无比地幸福甜蜜。

世界上没有不透风的墙。一天，一个老女仆对国王说了王子和一个穷人家的女儿相恋的事情，国王勃然大怒，立刻派人去放火烧七美人的家。

一个黑漆漆的夜晚，国王派的人悄悄地用火点燃了七美人家的房子。七美人正在窗边绣花，看到熊熊的火焰，她忙跳进窗外的枯井中，逃过了这一劫。然而，她的父母被救出来时，已经没有气息了。

七美人知道这一切都是国王指使的，但是又能怎么样呢？她痛哭一场之后，埋葬了父母。

　　现在七美人将面临一个选择，是屈服于国王的逼迫，还是忠于对王子的爱呢？最后，她换了一套男人的衣服，改名翁格吕克，来到皇宫给国王当仆人。

　　由于翁格吕克又勤快又聪明，国王非常喜欢她，于是，她很快就成了国王的贴身仆人，专门伺候国王。但是，王子再也找不到七美人了，国王告诉他七美人已经死了。他非常难过，但是要继承王位，王子必须有一个王后，他勉强答应娶另一个国家的公主为王后。

　　所有的仆人都跟着国王和王子去邻国迎娶公主，其中当然也包括可怜的翁格吕克。这是一次痛苦的旅行，尽管走在最后，但是人们的欢呼声还是深深刺痛了她。

　　当来到新娘的宫殿附近时，她用动听的声音开始唱："我是翁格吕克，很熟悉七美人。"王子听到了歌声，就问身旁的父亲："是谁的歌声这么动听呢？"国王很骄傲地说："还能有谁，当然是我的专属仆人翁格吕克。"

　　这时候，她又唱了一遍这首歌，王子终于听出了她的声音，找到了他的七美人。

王子对邻国国王说："我有个橱柜，但是我不小心丢了它的钥匙，于是我准备配一把新钥匙，可是这个时候我又找到了旧钥匙，您说我应该用哪一把呢？""还是用旧的那把比较好。"新娘的父亲说道。

　　听到这样的回答，王子把七美人拉到所有人面前说："这就是我的'旧钥匙'，我要和她永远在一起。"

　　王子的父亲屈服了，他看到这时的翁格吕克，噢，不，应该是七美人，真的太美丽了。他无法阻止两个深深相爱的人在一起。

一无所获的老人

从前，有一个人到老了还一事无成。他摸着自己花白的头发，放声大哭起来。路人觉得奇怪，就问他其中的原因。

老人擦了擦眼泪，说："这都怪我学习本领不知道持之以恒啊。年轻时，我爱好文学，就埋头读书。后来，听人家说学算术更有用，我便改学算术。就在算术快学成的时候，我又听说搞土木挣钱多，就放弃了算术，学起了土木……"

路人没等老人说完，安慰老人说："你的选择没错啊，现在搞土木是非常挣钱的。"

老人一听，哭得更厉害了："我也知道啊，但是已经晚了，我刚懂了一点儿土木知识，就听说经商挣钱更快，于是又改学经商。就这样三心二意地换来换去，直到现在我还是一事无成！"
路人听了老人的话，什么也不说了。